(suite)

Mano Solo est né en 1963. Artiste prolifique, il peint, dessine, écrit mais c'est grâce à la chanson qu'il rencontre la célébrité. Auteur, compositeur et interprète, il obtient trois disques d'or pour La marmaille nue *(1993),* Les années sombres *(1995) et* Je sais pas trop *(1997). Sa séropositivité, confirmée en 1986, lui donne le sens de l'urgence et exacerbe sa rage de vivre. Cette exigence partagée sera au cœur de son œuvre. Il est décédé le 10 janvier 2010, à l'âge de 46 ans. Mano Solo n'a cessé de défendre la liberté individuelle et la créativité sous toutes leurs formes. Son courage et sa générosité demeurent un modèle pour une génération de fans.*

Mano Solo

JOSEPH SOUS LA PLUIE

Roman, poèmes, dessins

Préface de Jackie Berroyer

Éditions Points

Ce livre propose une nouvelle édition du roman *Joseph sous la pluie*, publié en 1997 aux éditions La Marmaille nue, et du recueil *Je suis là*, publié à compte d'auteur en 1995. Les parties suivantes regroupent des textes et des dessins inédits, qui ont été sélectionnés, organisés et titrés par nos soins pour cette édition. Faute de datation, les dessins de *... à grands coups de fusain...* sont classés par techniques et par thèmes. Les fautes d'orthographe ont été corrigées, y compris dans les manuscrits, à l'exception de celles qui nous ont paru significatives.

ISBN 978-2-7578-2685-0

© Points, 2012, pour la présente édition

Le Code de la propriété intellectuelle interdit les copies ou reproductions destinées à une utilisation collective. Toute représentation ou reproduction intégrale ou partielle faite par quelque procédé que ce soit, sans le consentement de l'auteur ou de ses ayants cause, est illicite et constitue une contrefaçon sanctionnée par les articles L.335-2 et suivants du Code de la propriété intellectuelle.

Sommaire

Préface de Jackie Berroyer   I

Joseph sous la pluie
   roman.   9

Je suis là
   poèmes.   111

... Je me dois d'un poème...
   textes inédits.   215

... À grands coups de fusain...
   dessins   237

... Les petits carrés blancs avec des gens dedans...
   bandes dessinées   259

... Loin dans la musique...
   chansons en images   277

Préface

Il était là, ce jour-là, Joseph Solo, encore petit Mano, c'était un dimanche. Je n'y étais pas, j'aurais pu, je faisais partie de l'équipe. J'étais de la maison : les éditions du Square. Georges Bernier, dit le professeur Choron qui n'a pas donné mais pris son nom à une rue, venait de faire l'acquisition d'une péniche. Il voulait en tant que directeur en faire une librairie ambulante pour vendre *Hara Kiri, Charlie hebdo, Charlie mensuel* et les albums qui en découlaient. Des membres de l'équipe étaient venus, certains d'entre eux, avec leurs gosses. Mano était là avec son père. Une balade sur la Seine un chaud dimanche d'été. Ça promettait d'être plaisant. On devait passer sur une fine planche pour monter sur le bateau au risque de tomber dans l'eau. Ce dimanche-là, ça a mal fini. Mano le raconte dans ce qu'on pourrait appeler ses « petits poèmes en prose ». Il voit d'abord Willem avec son fils dans les bras. Le gamin était tombé dans la cale. Bien plus terrible, un tout-petit manque à l'appel. Il a échappé à la surveillance. Les pompiers retrouveront le corps. C'était l'enfant de l'attachée de presse et amie de l'équipe. Terrible journée.

Quelque vingt ans plus tard, Mano acquiert lui aussi une péniche. *Joseph sous la pluie* est l'histoire d'une panne de bateau. Et c'est sur cette péniche, coincée contre une berge, que Joseph fait le point, nous compte ses angoisses, ses délires, ses regrets, seul dans son *Titanic* amoureux, avec la conscience de ce qui l'attend. C'est Mano bien sûr qui fait un roman. Un roman sans coquetteries. Pour lui tout particulièrement, «la vie, c'est pas du gâteau». Les femmes sont au cœur. Joseph les stylise en deux intensités féminines. La fille aux cheveux blancs, partie à temps, qui le hait et la fille aux cheveux noirs qui n'a plus les moyens de le haïr. Culpabilité, rage, colère, et, par moments, d'imprévisibles répits. Il décide d'aller de l'avant: «du passé faisons table mise, mangeons la vie tant qu'elle est chaude». Mais étonné d'aller si bien, et comme effrayé par ce bien-être, il se remet la tête à l'envers pour remettre Joseph à l'endroit.

Il passe en revue tous les viatiques, et il s'interroge sur l'art. Il y croit. Il sait que c'est ce qui échappe aux instances grisâtres, aux sérieux sans substance. C'est en art que l'homme est démiurge. À cette époque, il croit encore à sa peinture. Plus tard il dira qu'il faut trop de temps pour faire un peintre et que lui n'en a pas assez. Mais l'art ne l'abandonnera jamais. Ce sera la chanson. À l'Olympia, quelle émotion que de le voir là avec ses musiciens et son chien qui se balade sur la scène, sa voix, son trémolo, son style, ce public qu'il a conquis sans les médias, ce public heureux d'entonner, complice, son Shalala. Ses chansons vous bouleversent si crues et pas geignardes pour un sou. Celle où il s'attriste de ne pas avoir d'enfants, de ne jamais pouvoir faire un bout de chemin avec son rejeton. Pour l'adoption il n'est pas dans les favoris. Je ne peux m'empêcher de me demander ce qu'il aurait pu engendrer, lui, qui fut un gamin très rebelle. Né révolté. Ultra casse-cou. Qu'est-ce qu'il a dans la peau ? Dans la peau il aura bientôt des petits trous. Mais sa sensation d'être hors jeu n'a pas attendu le virus.

Il n'aura d'ailleurs pas de sympathie particulière pour les adeptes de la shooteuse. Envie de botter le cul des junkies qui piquent du zen. C'est sa face lumineuse, que d'y voir une défaite : car finalement s'il a envie de remuer le monde c'est pour en faire ressortir ce qu'il y a de beau.

Et sur son bateau, sa manière si poétique de vivre. Au départ tout est plus fort. Y compris la douleur. C'est là qu'il est chez lui. Pas dans le monde.

« Je marche dans la nuit des autres, dans leurs maisons... »

Jackie Berroyer

MANO SOLO

JOSEPH SOUS LA PLUIE.

ROMAN

Plong. Gloup. Plong. Gloup. Plong. Dehors il pleuvait depuis un siècle. Plong. Blouc. Plong. Il était là par terre dans le bateau, un filet de bave reliant sa bouche au plancher. Il était tombé ivre mort, au petit matin. Il avait pendant des heures parlé à sa caméra, jusqu'à ce que le groupe électrogène, dans la salle des machines, s'arrête en panne sèche. Il avait dans le noir continué à parler tout seul. Parler, parler comme un homme le fait quand il n'a plus rien à dire aux autres. Parler comme certains parlent à Dieu. Mais Joseph n'y croyait pas malgré son nom biblique. Ça vaut mieux pour Dieu parce que sinon Joseph lui aurait vraiment pris la tête. Il avait dû aussi parler de l'Art, cet espéranto qui pour lui ne sert qu'à parler aux femmes. Pour cette raison il s'intéressait peu à la peinture des autres. Mais aujourd'hui il ne s'intéressait ni à celle des autres, ni à la sienne, ni à la peinture tout court. Il n'avait pas touché un pinceau depuis des mois et s'il n'y avait pas cette grande toile inachevée dans le fond de l'atelier, on le prendrait plutôt pour un mécanicien à la vue de ses mains, son visage et ses habits luisants, brunis au gas-oil. Et puis il ne voulait plus penser aux femmes, leur parler encore moins. Parler de quoi. De cet océan de boue ramoné de forts courants qui laboure et retourne sa douleur, de la mort comme compagnon de jeu, leur parler de ce corps qui se dégoûte de lui-même et des autres, parler de tous les crimes commis ou ceux subis ? et puis auxquelles parler ? À celles qui l'ont déchiré, ou à celles qu'il a massacrées ? Il ne sait plus. Tout se mélange. Toute une vie à se battre sans même savoir contre quoi. À fuir ce monde, chevauchant son fougueux talent, pour disparaître dans la poussière soulevée. Une fuite éperdue à dix à l'heure sur les rivières de France. Depuis des mois il parcourait la pluie d'une façon déterminée. On aurait pu croire qu'il savait où il allait. Il menait seul cette petite péniche de trente mètres sur cette rivière dont il ne s'était même pas soucié de connaître le nom. Un canal l'avait jeté là et il avait pris à contre-courant. Si c'est plus dur, se disait-il, s'il faut payer c'est que ça vaut le coup. Et puis il préférait se diriger vers la jeunesse du fleuve plutôt qu'à sa mort, le confluent avec un autre plus gros, un autre dilemme. À droite ou à gauche ? Les fleuves ont ça de plus que nous, la présence simultanée de leur début et de leur fin. Tout change à chaque instant. Tout est nouveau tout le temps. Éternellement jeunesse et sagesse. L'eau ne fait que passer mais le fleuve reste. Dehors la pluie redoublait, le vent se levait et cognait le bateau contre le quai de pierre. Joseph ouvrit un œil et ne bougea pas. Autour de lui roulaient les bouteilles d'hier dans le tangage. Sur les écoutilles en tôle la pluie faisait un bruit dramatique et assourdissant, ponctué par celui des récipients sonores un peu partout dans le bateau. Il attrapa une bouteille au vol et s'en servit de béquille pour se redresser un peu. Assis sur son cul il avait fait mine de réfléchir sur la situation mais très vite il avait laissé tomber. De toute façon c'est comme d'habitude, le bruit de la pluie martèle sa gueule de bois, c'est lui c'est Joseph, dans ce monde de merde. Il porte la bouteille à ses lèvres d'un geste volontaire et s'envoie une belle gorgée. Alors le rhum lui brûle la gorge avant de s'attaquer à l'œsophage pour finir sa virée dans un champ de tripes retournées. Joseph n'avait jamais bu que pour se faire du mal. Il détestait les alcooliques, ceux qui prennent du plaisir à se diminuer. Joseph avait beau se haïr lui-même, il avait toujours essayé d'éviter la connerie. Et l'alcool faisait vraiment partie de ce monde de cons. Il préférait boire seul, ne supportant pas son image à travers celle des autres, l'œil torve et la bave aux lèvres. Mais s'il avait pu se voir ce matin-là contre son mur la bouteille à la main, se redresser comme un clodo bon pour Nanterre, il aurait fait moins le fiérot. Il finit par se mettre debout et tituber jusqu'à la cuisine. Il ne resta pas longtemps sous l'eau glacée de l'évier, en mit à chauffer et s'assit la tête transpercée du bruit des bourrasques qui s'acharnaient sur le bateau comme s'il avait tué leur mère. Le fleuve aussi devait lui en vouloir tout agité qu'il était. Alors le bateau se vengeait sur le quai qui subissait, restant de marbre sous les coups de boutoir. Mais chaque coup résonnait dans la tête de Joseph comme un glas à neurones. Sur la table une boulette de marocain, qu'il roule d'une main tremblante. Son café à la main il descend son pantalon, s'assied sur un seau et chie dedans. Les chiottes sont à l'arrière du bateau, pour y aller il faut sortir et se prendre la pluie dans la gueule. Trop peu pour Joseph. Il est resté là un bon moment se réveillant de son café-pétard. Au fond du bateau comme chaque matin le grand tableau hurlait, les pinceaux se convulsaient et les tubes se retenaient de vomir leur couleur. Sur la toile les personnages semblaient figés dans l'attente d'un achèvement salutaire. C'était une bande d'adolescents tous plus beaux les uns que les autres, tout nus il ne leur manquait plus que des ailes pour les prendre pour des anges. Armés de rayons de vélo aiguisés, ils perforaient allègrement des petits oiseaux, des lézards et des souris blanches. Ils ne riaient pas mais semblaient appliqués à leur torture, en jouissant intérieurement d'une tranquille sagesse. Dehors la pluie tombait toujours. Après qu'il eut chié il lui fallut bien un bon quart d'heure pour se dire bon je vais me torcher. Il se leva, mit un blouson de cuir et fit mine de sortir vider le seau mais devant la pluie dehors il reposa le seau et se rassit pour un deuxième tour de café-pétard. La pluie martelait la tôle avec de temps en temps le sens du rythme. Quel temps de merde se dit-il à voix haute. Depuis des semaines il n'avait parlé à personne. Tu veux de la merde, dit-il, attends bouge pas moi aussi j'en ai. Il saisit le seau et le jeta du perron de la timonerie par-dessus bord en en foutant la moitié sur le bateau. Mais cette pluie aurait torché un mammouth. Armé d'un petit chapeau noir et tout pourri dont l'utilité devait être purement psychologique il sortit enfin pour la salle des machines. Il retrouvait là finalement son meilleur pote à qui il parlait des fois, ça va fils de pute ? Tu vas pas chômer moi je te le dis. Le vieux Baudouin loin des mesquineries humaines rigolait sous cape en se disant cause toujours Ducon, je marcherai encore dix ans après ta mort. C'est vrai, on peut pas dire que ce moteur était performant mais surtout il était increvable de rusticité. Il finit par démarrer après avoir ronchonné un peu, histoire de faire chier. Le temps de lâcher les amarres et retourner au timon il était déjà trempé. Il quittait ce bled qu'il n'avait même pas voulu voir, sur cette rivière sans nom, dans cette histoire sans gloire. Le courant était violent et mettait à mal Marcel le Baudouin qui s'engorgeait sous les énormes paquets d'eau. Il pleuvait comme un mec qu'aurait bu trop de bière. Le vent poussait le bateau par travers, qui avançait encore moins vite que d'habitude. Devant la pluie faisait comme un rideau. Derrière le rideau le Saint-Graal invisible de la quête d'amnésie de Joseph. Derrière la pluie dans le grand demain noir, c'est un cadavre que Joseph voudrait trouver, le cadavre de Joseph, le cadavre de toute une vie. La mort est derrière la pluie. Derrière la pluie, plus jamais de pluie. Après l'enfer, la vie.

La petite péniche de Joseph disparut dans le rideau, laissant là ce petit bled de bord de Saône. La rivière gonflait et charriait maintenant des tonnes de merde, de troncs d'arbres qui déboulaient violemment dans le tourbillon du courant. Joseph ne voulut pas y prendre garde. Il avait son chemin à faire. Qu'importe l'arrivée.

Seul le chemin compte. Devant, la mort. Derrière, la mort. Le chemin fait partie de la vie. Je cours donc je suis. En regard de ça, le vent, la pluie, le courant, les élément déchaînés ne sont que des avatars. La douleur elle-même n'est qu'un bruit de fond. Et cette difficulté palpable, physique, ces forces contre lui si concrètes rassurent Joseph. Il est un homme qui lutte, comme le font depuis des millénaires avant lui les hommes. Le danger ne peut détruire que son corps, le ramener au souvenir de Joseph, déplacer la douleur de l'esprit, douleur diffuse et inextricable, ancrée solidement dans chaque neurone, chaque vision, chaque pensée polluée de remords, de culpabilité, de peur et de dégoût. Joseph avait bien moins peur du fleuve en furie que de lui-même. Ce qui pouvait arriver à son corps le préoccupait peu. La mort y était présente, mais pas tant que dans sa tête.

L'eau gonflait toujours. Il parvint péniblement au pied d'une écluse. Le feu était au rouge pourtant Joseph ne voyait aucun descendant. Il fit un coup de corne qui resta sans réponse. Dans la petite maison de l'éclusier rien ne bougeait. Il corna encore plusieurs fois. Excédé Joseph prit parti de garer le bateau pour aller voir. Dix minutes plus tard il était devant la maison, s'abritant de la pluie avec un sac-poubelle. Il frappa la porte d'un coup de pied et elle finit par s'ouvrir sur une caricature de l'éclusier comme Joseph en détestait. Il regarda Joseph de la tête aux pieds avant de se pencher un peu de côté pour voir sur quel bateau pouvait bien naviguer ce clochard.

— Kestu veux ? dit le vieux.

— Quoi, je veux passer pardi !
— Tu vois pas que c'est rouge ? La crue devient dangereuse. Si tu veux passer, passe. Mais avec ta poubelle là, tu risques pas d'aller loin. Et tu te démerdes à ouvrir et fermer les portes, je vais pas me mouiller pour un taré dans ton genre.

Joseph haïssait les éclusiers qui le lui rendaient bien. Tous d'anciens mariniers ils voyaient d'un coup d'œil que Joseph n'était pas né là-dedans. De plus le bateau de Joseph était sale, rouillé et pas entretenu du tout. Ce qui pour un marinier est la pire des hontes. Les éclusiers s'appelaient au téléphone l'un l'autre, t'as la poubelle qui monte se disaient-ils, bouche ton nez ! Pour Joseph les éclusiers n'étaient rien d'autre que des vaches regardant passer les trains nautiques. L'autre lui claqua la porte au nez et Joseph la bouche pleine d'insultes se mit au travail sur les manivelles. Il remplit le bassin, ouvrit les portes et y fit entrer le bateau. Derrière sa vitre l'éclusier matait la manœuvre avec dédain. Ce petit Parisien de merde ne sait pas ce qui l'attend, vas-y mon gars, on rigolera bien en voyant ton tas de boue se déchirer dans le courant. Joseph l'entendait aussi bien que par transmission de pensée mais n'en avait rien à foutre. Quoi qui l'attende devant, ce ne peut être pire que ce qu'il y a derrière. Il sortit enfin du bassin pour retrouver la furie des eaux qui étaient montées jusqu'au bord des portes de l'écluse. Dans sa guérite l'éclusier le regardait partir, jubilant devant ce petit con courant à sa perte.

Il prit son téléphone pour appeler l'écluse d'après,

t'as la poubelle qui monte, dit-il, mais je suis pas sûr qu'elle y arrive.

La pluie n'arrêtait pas et l'eau montait sans cesse. Joseph se dit à plusieurs reprises qu'il serait plus prudent d'accoster maintenant. Mais une fois encore son esprit se serait bien sauvé en courant, alors que son corps restait là. Il savait qu'il n'irait pas plus loin dans ces conditions mais il gardait les deux mains sur la barre, le moteur à fond. Accepter ce frein à son errance lui paraissait la pire des malédictions. Joseph n'acceptait pas la malédiction, fût-elle mortelle. Joseph était poursuivi de malédictions, alors ce fleuve dressé devant lui, si puissant soit-il, ira se faire foutre. La nuit tombait. La pluie, toujours la pluie. Joseph hurlait à tue-tête des chansons d'insultes au fleuve quand le moteur rendit l'âme dans un râle sordide. Le silence qui suivit l'enveloppa d'une froide terreur. Le bateau fit à peine quelques mètres sur sa lancée, avant de s'immobiliser, faire du sur-place, et reculer. Pour Joseph cramponné à sa barre inutile, ces quelques secondes furent des siècles. Des siècles de malédiction.

Putain de merde.

Le bateau reculait franchement et prenait de la vitesse. Joseph un gouffre dans la poitrine assistait à son impuissance, dans le bruit du vent, de la pluie, de la nuit tombée, des troncs fouettant les flancs du bateau, l'eau claquant l'étrave. Putain de merde. Il vit s'approcher une énorme masse sombre avant que les vitres de la timonerie ne volent en éclats. Des branches vinrent comme dans un cauchemar la traverser de part en part. Le toit vola comme un bouchon de champagne dans un craquement assourdissant. Encastré dans les arbres riverains le bateau ne bougeait plus. Joseph du sang plein la gueule d'une arcade explosée réagit d'un bond et se jette sur ses amarres, complètement sonné mais de l'adrénaline plein les veines. Le fleuve est sorti de son lit, la pluie redouble et le courant exerce une force incroyable sur le bateau. Il faut faire vite, les branches ne tiendront pas longtemps. Il amarre en premier le bateau à une énorme branche qui avait défoncé les écoutilles. Puis il essaie mais en vain de faire le tour d'un autre tronc à l'avant. En désespoir de cause il grimpe sur la grosse branche en travers qui glissait comme un crapaud, dans le vent, la pluie dans la gueule, pour parvenir jusqu'au tronc où il amarre solidement le bout avant.

Il revint de la même manière et dut faire pareil pour le bout arrière. Il faillit tomber dix fois dans le bouillon bouillonnant, le vent hurlait et la pluie de cuir le fouettait de ses lanières. Il revint enfin à bord et se laissa tomber le cul sur une des bittes. Il resta là un bon moment pendant lequel la pluie n'était plus froide, le vent sentait le jasmin et le fleuve roucoulait de fraîches cabrioles. Il revint à lui pour constater qu'il avait assuré, que le bateau n'irait pas plus loin si cet arbre voulait bien ne pas se faire déraciner. Alors le froid revint, la pluie remouilla, le vent reventa et la nuit ne retomba pas, parce que plus noir que noir ça n'existe pas.

Il était là, chancelant dans la cuisine, les habits en loques et du sang partout, étonné d'être encore de ce monde. Lui qui croyait ne plus aimer la vie, son instinct l'aimait pour lui. La vie se sauve elle-même, quoi qu'en pense l'esprit. Il but une énorme gorgée de rhum, respira un coup et reprit une gorgée de rhum, toussa, reprit une gorgée et reprit une gorgée. Il s'assoit pour fébrilement se rouler un joint, il déchire la première feuille, recommence et déchire la deuxième. Il finira par y arriver, allumer et gonfler ses poumons de la douce fumée. Il est resté dans le noir un bon moment à vider son corps de la peur, des tensions et de la fatigue de l'effort. Dehors le chaos déployait ses atours, jouissant de cette liberté du jour. Joseph contemplait le désastre et ne put s'empêcher de sourire voyant cette branche à moitié pulvérisée qui avait traversé le hublot qui n'était plus qu'un souvenir. Il rigolait bien devant ces trois pauvres feuilles qui pendouillaient dans sa cuisine. Ça me fait un peu de verdure, se dit-il, et pas besoin de l'arroser.

Et puis il s'endormit.

Dehors dans la nuit mouillée les ragondins fuyaient leurs terriers inondés, le fleuve charriait ses troncs et autres barques coulées comme autant de cadavres. Le vent et la pluie devaient se battre en duel, à voir leur acharnement pour la violence et pour cette folie se perpétuant dans le paroxysme.

Dans ses rêves Joseph revit son chien dans une foule, la truffe pointée en l'air et dévisageant les gens de ses yeux paniqués. Le chien cherchait. Le chien cherchait. Une brusque bourrasque d'eau secoua la péniche et le fit tomber de sa chaise. La nuit était toujours là. Il était là. Dans cette vie de merde. Alors il s'est relevé et a allumé le douze volts. À sa lueur il s'est mis devant la glace pour constater les dégâts. Un beau coquard décorait son œil droit d'un joli petit arc-en-ciel mais l'arcade ne saignait plus. Il était griffé de partout sur le torse et dans le cou. Il ne put s'empêcher de penser que c'était pas si moche ces estafilades sur sa peau comme les lignes graphiques d'un dessin. C'était même très beau. De toute cette merde il aurait gagné au moins ça, ce plaisir d'une vision de lui-même. J'ai payé pour ce tableau, se dit-il. À croire que l'Art ne s'accouche que dans la douleur. Il se regardait encore. Alors, chaque seconde de ma vie est une Histoire de l'Art. Mais que n'ai-je autant de talent pour vivre que j'en ai pour souffrir, que ne puis-je construire mon quotidien comme on compose une peinture ou un poème, que suis-je grand artiste sans Art de vivre, que suis-je grand poète la bouche pleine d'excréments, que reste-t-il d'une âme après qu'on l'ait cent fois reniée, à quoi rime tout un monde si on n'y met jamais les pieds, que reste-t-il d'une vie seulement visitée par la mort, comment surfer outillé d'une enclume, que ne puis-je détruire ce mal comme il le fit de mes espoirs, que n'ai-je assez pleuré pour noyer tout un sale passé. Il se regardait sans se répondre, avec sa tête de Robinson. Le bateau remuait et cognait contre les arbres dans de grands craquements inquiétants. Il passait côté atelier et là le spectacle était à la hauteur des événements. Les étagères avaient volé, les pots de peinture disséminés aux quatre coins dont certains qu'on pouvait suivre à la trace, telles des comètes dégueulant leur traîne. Tout ça plaisait bien à Joseph qui trouvait d'un coup que le décor correspondait mieux à son état d'esprit. Au fond il était pas assez destroy. Ça fait du bien de péter un truc de temps en temps. Au-dessus de la grande toile les écoutilles avaient sauté et laissaient entrer la pluie qui dégoulinait sur les personnages qui s'animaient de ce ruissellement et semblaient redoubler de sadisme à l'encontre des pauvres petits piafs. La lumière lunaire coloriait tout ça d'un camaïeu bleu Guernica et quand il y eut des éclairs, Joseph se crut dans un film. Finalement il se mit à rigoler tout seul. Il shootait dans les pots et cassait tout ce qui pouvait l'être encore. Qu'en avait-il à foutre, rien de ce matériel n'est unique. Emporté dans son élan frénétique et violent il jubilait littéralement à la vue de ces couleurs explosées à grands coups tournants d'un balai qui finit par voler en éclats. Il se saisit d'une énorme paire de ciseaux et chargea comme un furieux la grande toile sous la pluie. Il avait cru une seconde qu'il pouvait la détruire. Il avait cru une seconde que plus rien n'avait d'importance. Que le plus fort est toujours celui qui casse. Et puis la lame arrivée à trois centimètres du tissu peint brûla les doigts de Joseph qui laissa tomber les ciseaux. Une vision venait de lui révéler que le plus fort est souvent sa propre victime. Tuer cette toile serait comme se tuer lui-même. S'était-il sauvé la vie il y a une heure pour en arriver là ? Il pouvait bien tout casser mais pas le meilleur de lui-même, la seule chose qui fasse de Joseph autre chose qu'une plaie ouverte. Joseph était un combattant pas un suicidaire. Et cet Art même larvé au creux de la tripe, ce geste qui ne s'exerce plus, ces dessins souterrains et silencieux même inexécutés, restent à tout jamais comme la seule richesse d'un homme face à l'Absolu. Détruire son Art est comme abdiquer devant l'adversité. Il pouvait ne pas peindre, ne rien dessiner ou ne rien écrire pendant des semaines, il pouvait tout garder en lui égoïstement, étouffer tous les cris sans pour autant se rendre. D'une vie entière, ces mots graffités, ces taches de couleurs sur la toile, ces lignes comme autant de méandres, d'une vie entière ces images de plomb immuables, en étaient la seule trace plausible. C'était lui qu'il avait mis là. Pour être bien sûr de se retrouver. Il était bien Joseph, depuis toujours. Et ces traces criaient son nom. Cette toile hurlait Je suis l'esprit de Joseph ! Détruire cette œuvre était comme arrêter de penser. Arrêter de penser c'est mourir vraiment. C'eût été si simple d'être suicidaire, mais peut-être pour son plus grand malheur Joseph ne l'était pas. Il se laissa tomber sur le cul contre la toile, épuisé. Dehors il pleuvait toujours. Dedans il pleuvait aussi. Il devait pleuvoir sur la terre entière. Il resta là jusqu'à ce qu'il ait vraiment envie de pleurer. Vinrent des larmes qui le firent réagir. Putain il n'avait pas vécu cette vie de merde pour juste en arriver là, comme un pauvre cave à chialer sa mère en plein naufrage sous la pluie. Putain de pluie. Putain de vie. À l'autre bout de la pièce le Caméscope par terre semblait lui dire d'un œil de serpent, viens, viens c'est moi je suis l'instrument. Tu n'auras qu'à être je serai témoin. Joseph s'est levé et le temps d'y aller s'est dit si la batterie est naze, je le fous par-dessus bord. Il a chopé la caméra comme on tarte un môme qui fait chier. Il mit le contact et le Caméscope qui avait dû flipper se mit illico à marcher. Il l'éteignit et passa à la cuisine. Là, il pose la bête sur une casserole dans l'évier en direction de la table. D'un placard il sort un paquet de bougies, d'un autre de la bière, du Picon et du rhum. Alors Joseph dispose les bougies un peu partout dans la cuisine, zébrée des ombres de la branche du hublot. Du tiroir de la table il sort une boulette grosse comme le poing, des cigarettes et du papier. Il se fait un Picon-bière avec une bonne lichette de rhum, s'assied, se roule un joint, l'allume, se saisit de la télécommande et appuie sur le bouton.

— J'ai mis des bougies. Le jour de ma mort je veux qu'on mette autant de bougies autour de moi que j'avais d'années, comme ça ma mère croira que c'est mon anniversaire.

Il parlait fort pour couvrir le bruit de la pluie en tirant de grosses bouffées de pétard.

— J'ai mis des bougies pour faire la lumière sur mes souvenirs. Sais-tu qu'ils blessent encore ? Je me souviens de cette fille et de son enfant que j'aimais tant. Cette fausse blonde dans un square parisien qui me disait tu sais je t'aime mais tu es un homme mort. Je ne peux chaque jour survivre avec toi. Je ne suis pas si forte. Je suis lasse de ta guerre et ta victoire n'est qu'illusion. Je fais encore partie de la vie. Je te laisse à ta mort. Je te laisse à tes maux, dit-elle, je te laisse à ton cri, je ne suis qu'un tampon sur ta plaie. Avec d'autres, je suis une femme. Je ris, je respire dans leurs bras protecteurs. Toi tes bras sont une menace, si doux soient-ils, ils sentent la mort. Je ne peux respirer que d'angoisse, je ne peux toucher que le mal, je ne peux me nourrir que de tristesse, je ne peux survivre alors que je fais partie de la vie.

Et je regarde son enfant et je me demande qu'a-t-il à apprendre de moi, à part que les hommes pleurent que les hommes meurent, que tout se paye de froides sueurs. Et son enfant me regarde et il ne sait pas que je suis mort. Il me touche et me parle sans même savoir le cadeau qu'il me fait, de tant de vie là devant moi, qui bouscule les portes de mon cimetière. Je suis resté là et j'ai regardé les enfants des autres. Je les ai vus rire et pleurer, se faire mal et consoler, je les ai vus avec dans les yeux toute la vie devant eux. J'étais là sur mon banc, l'estomac repu d'AZT, à trimbaler cette douleur chaque fois nouvelle, cet abandon dans les yeux des femmes quand elles réalisent la peur en elles. Peur de ce sang qui crie si fort, ce tumulte qui ramone mon corps, cette vie si pleine de mort. Je ne sais plus si j'ai le droit d'insister, de dire à cette fille viens, viens ma peau ne brûlera pas tes mains, de ma bouche ne coule pas le poison. Je voudrais hurler comme tant de fois avant, que jamais personne encore n'est mort dans mes bras. Mais je ne peux plus. Et elle le sait.

Joseph buvait, fumait et regardait la caméra droit dans l'œil.

– Je suis là. Comme chaque nuit je fouille ma vie, ces ruines amoncelées hier encore. Comme chaque soir depuis toujours, le va-et-vient du bulldozer de l'Attente ramone et racle ses gravats aux pieds de mon illusoire sommeil. Je fouille ma vie détruite à la recherche d'une miette d'espoir, une pierre qui soit entière dont je puisse redémarrer une ultime construction. Mais si par miracle j'en trouve une, c'est dans mes mains qu'elle s'effrite.

Je ne puis plus parler aux femmes, je vais donc parler des femmes. Je vais parler d'une pour toutes les autres. Je l'appellerai Elle. Je dirai les femmes m'ont donné la vie, mais c'est Elle qui cent fois me l'a reprise. Je dirai ce n'est plus à Elle que je parle. Je me parle à moi. Je me parle de moi. Je me parle sans me comprendre mais je n'en ai pas besoin, je sais ce que je dis. Je ne dirai pas Elle me manque, ça me ferait penser toujours à la même. Mais sans danger je peux dire Elle me tue. Ce n'est plus à Elle que je parle.

Je me souviens des colonnes de Buren. Paris je t'ai tant chantée, tant désirée, tant pleurée. J'ai cru que le grand Tout te sortait direct du pavé. Avec toute ma peine et mes deux cents tonnes de haine je suis monté, Paris, pour te chercher le Rien. Le Rien sur deux pattes, le rien dans deux yeux sombres qui n'aiment plus que toi Paris, et d'autres. Le voyage commence. J'ai rendez-vous à trois heures Palais Royal, colonnes de Buren. Elle sera là. Je vais la retrouver mais nous ne retrouverons rien. De là je partirai. Ce n'est plus à Elle que je parle. Je suis seul. Je me parlerai demain et les colonnes de Buren comprendront qu'il y a la terre, tous ces oiseaux allant, venant, piaillant, ces herbes folles ou bien sages qui récitent au vent l'harmonie unique de la vie. Et j'espère bien Colonnes, que me prendra une de ces envolées lyriques et que je crierai de toutes mes forces le globe au milieu du Rien, le soleil qui brûle ou qui réchauffe. Alors les hommes au milieu de tout ça, le défi de leur présence, la chance qu'ils ont d'avoir une âme et des buts différents pour chacun d'eux, tout ça fait le grand Tout le grand tout de la vie. Mais elles ne m'écouteront plus déjà saoulées de mon discours. Elles resteront présentes, c'est sûr, droites et polies. Mais moi je n'aurai pas encore tout dit. Il faudra que ça sorte, que je suis un homme debout sous la pluie des ondes cosmiques et que j'aime ça putain, que j'aime la vie. Alors Colonnes vous connaissez le vent. Vous connaissez la pluie. Et la tempête, hein ? Moi je connais la mer, au fond c'est tout noir et ça fait peur. Je connais l'air des montagnes, la sueur des plaines, le moite des boulevards et le bruit des bactéries baisant dans la rigole. Et je rigolerai bien en leur parlant de musique, de peinture, et de poésie, de peur d'attente, d'envie, d'espoir, d'illusion. Toutes ces choses qu'elles nous envient en silence, plantées là qu'elles sont par nous les hommes. Alors tombera le silence. Le silence de mort. La mort pour tous. L'herbe, le soleil, les oiseaux, les dauphins, les hommes. Je suis un homme. Je vais mourir. Mais pas tout de suite. Il me restera cinq minutes. À respirer, sentir, tendre la main vers le vide. Demain un enfant mourra. Demain la terre meurt. Demain les oiseaux sont en plomb. Demain je vais partir. Demain j'existe. Demain je nais. Joseph meurt et Joseph naît. Ce n'est plus à Elle que je parle. J'ai cru naître bien des fois. J'ai cru être vivant jusqu'ici. J'ai cru beaucoup de choses. Je ne crois plus. La déréliction comme base de départ. Le néant me sera estrade, le Rien gonflera mes veines, le vent sera mon ami, la lune sera toujours pleine, l'air vibrera de ma chanson, l'ombre me découpera des tableaux, la lumière fera bouillir mes yeux. Je serai un homme. Debout sur le cadavre d'une enfance. Tuer pour vivre. Demain je me tue. Demain je vis. Tuer la marmaille qui grandit trop vite dans ses vêtements trop petits. Demain je m'ouvre la poitrine et j'en sors le cœur-abcès, je l'embrasse, je lui dis adieu, tendrement, et je le laisse là. Pour vous, Colonnes. Et je garde l'expectative comme seule aventure humaine. Mon expectative. D'avance je suis fatigué. Il me faudra mille raisons pour tenir, pour avancer me battre et créer. Je trouverai. Ce n'est plus à Elle que je parle. Je peux enfin me parler à moi, pour moi, avec moi, dans moi. J'existe parce que je suis seul. J'ai laissé mon chien là-bas. Je lui ai dit je reviendrai, vivant. Et on s'aimera. Toi et moi.

Elle ne viendra pas. J'attends encore une demi-heure et je pars. J'oublie. Le vrai voyage commence toujours par l'oubli, sinon ce n'est qu'un déplacement. Attendre. La vie entière dépend du savoir attendre. Tout. Tout le temps. Le voyage aussi. Elle ne viendra plus. Elle a tout oublié et n'attend rien. Je suis seul, le cul sur une colonne, le vent me caresse avec tendresse. Les moineaux me font du charme. Je ne suis pas malheureux. Je suis juste vivant. Allez salut Colonnes. Je ne suis pas désabusé, juste fatigué. Elle est morte. Je suis vivant. Il n'y a que l'amour que l'on porte en soi. Tout est fini. Le voyage commence. Il y a si longtemps que j'ai pensé tout ça. Mais ce pourrait être hier. Sauf qu'en ce temps-là j'étais bien mignon. Je me prenais encore pour une victime. C'était avant. Je me souviens de cette Elle. Ce fut la première de toutes à trouver le fardeau trop lourd pour ses petites épaules. Elle fut mon premier pas dans la mort. Ses yeux m'ouvrirent la porte d'un monde de pluie rien qu'en se fermant dans les bras d'un autre. Un autre passant par là. Jamais je ne pourrai lutter contre cette mort au bout de mon nez. Qu'a-t-il de plus que moi, le premier qui passe. Il a de plus qu'il est vivant, que ses bras ne sont pas de glace, il a de plus la liberté de rire et d'aimer, la liberté de chaque fois tout recommencer. Jamais je n'ai connu de pire instant que quand les femmes se lassent et m'abandonnent à l'impasse. Tout ça ne sert à rien. Je ne suis pas n'importe qui. C'est avec élégance que je porte ma croix. Le premier qui passe n'a de talent que d'un sourire, mais dont la promesse est pleine de douces illusions. Le mien n'est que froid d'une implacable certitude. Le premier qui passe est si loin qu'on peut rêver qu'il est proche. Le premier qui passe ne crèvera pas là ce soir, sur ta couette léopard. Le premier qui passe te fera peut-être un enfant. Le premier qui passe a neuf vies comme les chats. Sa chaleur n'est pas celle de l'enfer. Il n'est pas en guerre mais il se repose quand même. Loin du charnier où j'habite, il sent la rose. Le premier qui passe, la pluie ne le mouille pas.

Putain de pluie de merde.

Alors Joseph s'est arrêté de parler. Depuis cinq bonnes minutes le Caméscope s'était éteint, faute de batterie. Joseph avait bien vu clignoter le voyant mais il avait fait comme si. Il n'avait pas tenu bien longtemps. Le départ de cet œil sur lui le ramenait à sa froide réalité. Il était là, bourré comme les tapins un jour de paye, à parler tout seul comme un pauv' con, sous le ramdam de Dieu qui lui pisse dessus. C'est l'alcool qui me fout le blues se dit-il je vais me refaire un joint. Il eut quand même un petit sourire en pensant qu'il trouvait chaque fois des mots nouveaux pour toujours dire la même chose. C'était sa vengeance face à cette vie qui quoi qu'il fasse serait toujours la même. Il n'avait que cette peine, peu importe. Il parcourrait ce monde en le foulant du pied, il en retournerait chaque pierre, chaque gravat, espérant y rencontrer la vie. Les femmes pouvaient bien le voir déjà mort, ces mots plein sa bouche prouvaient que sa langue ne l'était pas. Il serait un homme tant que sa colère ferait du bruit. Il serait un homme même sous la pluie. Il serait un homme tant qu'il aurait mal. Et tant que j'aurai envie de pisser, ajouta-t-il en se levant péniblement la bouteille de rhum à la main. Alors il est sorti sur le pont. La pluie redoublait à son apparition comme pour lui confirmer que c'est bien à lui qu'elle en voulait. Mais Joseph n'en avait plus rien à foutre. De la pluie comme du fleuve, du bien qui tranche comme du mal qui soulage, du paradis comme de l'enfer. Il était là debout la bite à la main, pissant sur son bateau en finissant la bouteille de rhum. Il chantait à tue-tête non je ne suis pas mort, et même je bande encore.

Deuxième jour.

Dehors il pleuvait. Joseph était là sur le plancher avec la même bave qu'hier. On devait être bien avancé dans l'après-midi et avec ce temps de merde il faisait déjà presque nuit. Joseph ouvrit les yeux. C'était lui, Joseph dans ce monde pourri de merde, dans cette vie à la con. Joseph sous la pluie. Joseph la plaie. Joseph le fugitif. Le mort qui parle. Le mort qui ouvre un œil. Le mort qui se lève. Le mal de tête du mort. Enfin tout comme d'hab', quoi. Il se mit debout pour aller dans la cuisine se laisser tomber le cul à la même place qu'hier. La pluie cavalière cavalait sur le caveau du cave. Voilà le titre du tableau du matin. Il levait les yeux et tombait sur la caméra. Ne me regarde pas comme ça, dit-il, je ne t'ai rien demandé. Crois-tu peut-être que je cherche à m'installer dans notre dialogue. Crois-tu que je ne peux être là, à prendre un café comme le font les êtres humains, sans t'adresser ma douleur. Crois-tu que je me souvienne des mots d'hier. Veux-tu vraiment savoir les maux du jour. Quel couteau veux-tu remuer. Allez, laisse tomber. Il est resté là un bon moment à fumer des joints. Par le hublot la branche était toujours là et ajoutait au bruit de la pluie de longs grincements angoissés. Dehors l'eau partout. Sur la terre comme au ciel. Il ruminait cette vie dans l'ondée, ce torrent basculant de mille cataractes. Alors revint la petite voix qui depuis toujours lui disait vas-y prends-le ce putain de pinceau. Qu'attends-tu, que te reste-t-il d'autre à faire. N'est-ce pas là ta seule gloire, le seul savon pour ta crasse, la seule solution que tu aies pour accepter d'être un homme, la seule victoire que tu puisses perpétuer, ta seule lumière, ton auréole. Non, dit-il, je ne suis pas un saint. Je l'ai cru pendant longtemps. J'ai cru que j'étais bon. J'ai cru que j'étais beau. J'ai cru être le fils de Dieu. J'ai cru tout ça jusqu'à ce que je fasse le mal. Jusqu'à ce que je tue, d'insouciance, de désir, d'innocence et de bêtise. Je ne suis pas un saint. Je ne suis pas un ange. Je suis la main. Je suis l'outil. Je suis mort moi aussi. Je me souviens de cette femme aux Cheveux Noirs. Elle et moi sommes liés pour l'éternité. Je me souviens qu'Elle voulut réchauffer mon corps et apaiser mes rêves. Je me souviens qu'Elle fut brûlée dans mon cauchemar. Elle voulait m'arracher à l'hiver, m'extirper de la mort, Elle voulait juste m'aimer. Elle fut broyée par mon glacier. L'Art n'effacera jamais ça. Je ne peux continuer à peindre, à séduire, sans mentir. Comment tendre une main quand elle est pleine de sang. Mon sourire n'est qu'une invite au naufrage. Je ne suis que chair, sang, os et folie. À qui vais-je faire croire qu'il en a besoin. Veux-tu de moi je suis mort. Viens nous souffrirons. À ce feu qui drague mon âme, on ne perd que sa fraîcheur. On n'y gagne que des larmes, les miennes ou les leurs. Si seulement je pouvais croire tout ça, me résigner à toutes ces choses tant de fois répétées. Je sais mais ne veux voir. Je vois mais ne veux savoir. Je te vois, tu es belle. Je te dis aime-moi tant que tu pourras. Aime-moi c'est inutile. Aime-moi et tout sera vain. Alors aime-moi comme jamais. Pose ton cœur là sur la table que je crache dessus, que je le recouvre de ma tristesse. Viens tu m'aimeras si fort que je ne mourrai jamais. Tu feras l'essayage de ton costume de veuve et nous appellerons ça ta robe de mariée. Tes yeux n'ont jamais pleuré jusqu'alors. Tu veux un homme prends sa douleur. Viens avec moi affûter cette illusion qui demain nous coupera en deux. Je te prouverai que je suis mort pour mieux m'en convaincre. Je te prouverai que je suis vivant pour mieux me mentir à moi-même. Tu ne sais pas encore, mais moi je sais tout. Qu'il n'est pas de répit. Viens je te ferai payer ta prétention. Je te ferai bouffer tes rêves, jaloux de la chance que tu as d'en avoir encore.

La branche couinait, le bateau bougeait, la pluie tombait, la nuit se répandait et Joseph fumait. Pourquoi ne pas se lever, sortir, se lester d'une pierre et plonger. Je ne survis que par fierté d'homme libre, se dit-il. Je ne résiste que parce qu'on voudrait m'obliger à mourir. Mais que me reste-t-il à aimer de cette vie. Ce n'est plus que je l'aime. C'est plutôt que je l'emmerde. Je l'encule, la vie. Seuls les hommes dans l'univers ont le pouvoir de dire non. Tu diras oui la vie. Je dirai non. Tu me feras ordure, j'aurai une gueule d'ange. Seuls les hommes font de l'Art !

Seuls les hommes font de l'Art, mais lui n'en faisait plus. Était-ce à dire qu'il n'était plus un homme. La vie l'avait-elle si bien niqué jusqu'au trognon, en l'empreignant lui-même de raisons de se taire. Il s'est levé et s'appuyant dans l'encoignure il est resté à regarder la grande toile du fond sous la pluie. Sa peinture était dans la même merde que lui. Il aurait pu en être solidaire, lui sauver la vie. Un beau geste avant de partir. Il regardait le tableau mais ses yeux ne voyaient que la pluie. Il se dit que finalement la pluie raconte mieux que lui son histoire. La pluie dure quand les mots lassent. La pluie efface ta trace, de chaque goutte tombant dans ton dos. La pluie reste quand les femmes partent.

Il est retourné s'asseoir, se boire et se fumer. Qui t'a dit que tu étais nu, dit Dieu à Joseph. Je m'en suis aperçu, répondit-il, parce qu'il faisait froid, et qu'il pleuvait.

Dehors il faisait noir de suie, noir de pluie, noir de nuit, noir d'une vie. Dehors il faisait pluie. Pluie de merde. Au cinquantième pétard il finit par se décider à bouger. Il enfile un ciré et sort sur le pont. Il prend des bâches dans le pick avant et les pose sur le trou dans l'atelier. Il vérifie ses amarres et dans la salle des machines il démarre le groupe électrogène. Il revient trempé et fait un peu de ménage dans l'atelier maintenant illuminé. Il met des batteries à charger pour la caméra. Au bout d'une heure il se retrouve là, sur sa chaise à la table de la cuisine. Il se verse un verre et roule un pétard.

À des kilomètres de là, des centaines d'écluses, en haut d'une tour donnant sur le périph', une femme brune regarde scintiller la nébuleuse sur Paris. Dans la pièce à côté son enfant dort. Elle est là. Elle attend. Elle sait que demain c'est le jour. Elle partira et le trouvera. Elle sait ce qu'elle va faire. Elle le sent dans son dos, le flingue là sur la table. Pas besoin de le regarder. Elle sait ce qu'elle va faire.

Joseph eut un frisson. Il eut envie de se lever, démarrer ce putain de rafiot et se casser d'ici. Se casser si loin dans ce pays si petit. Encore plus loin de ce Paris dont chaque pierre fut témoin de ses erreurs, ses égarements, ses illusions. Loin de ce galeriste et de son contrat exclusivité de cinq ans, ce qui dans la situation de Joseph équivalait à un contrat à vie. Mais tu vas pas mourir, lui disait-il le sourire aux lèvres, t'es une force de la nature, tu es si vivant qu'on ne peut t'imaginer mort. Aujourd'hui Joseph avait disparu mais le galeriste ne s'inquiétait pas. Il pourrait légalement prétendre à récupérer chaque toile de Joseph qui réapparaîtrait. Où qu'il soit sa peinture appartenait à la galerie. Mais tout ça ne tiraillait plus Joseph. De peinture il n'était plus question. La peinture c'est bien trop beau pour sortir d'une montagne de merde. Loin, loin le rêve d'il y a quinze ans où Joseph se voyait finir en vieil artiste reconnu, à quatre-vingt-dix ans dans son atelier rempli de femmes bien plus belles que celles de Picasso. Mais à l'âge du Christ Joseph ne peignait plus. Il n'y aura pas d'Œuvre. Il n'y aura pas de Grand Joseph. Pas de traces. Il n'y aura rien. Juste un truc qui s'oublie, un sillage dans la pluie. Celle-la même qui dehors redoublait, si tant est que ce fût encore possible.

Joseph buvait en mangeant de la Dakatine sur du pain de mie. Avec le rhum c'était pas terrible. Il avait bien tout un tas de conserves mais il n'avait pas le courage. Et puis se nourrir vraiment eût été un acte bien trop positif dans cette nuit de merde qui s'éternisait comme un long débat de cour d'assises. Il n'était pas venu là pour se repaître ou alors de son mal. Dans la salle des machines le groupe se mit à tousser, cracher et s'endormir de panne sèche. Au moins quelque chose de sec, se dit-il dans le noir sans arriver à se faire rire. Dans la pénombre l'œil de verre du Caméscope semblait fouiller Joseph et vouloir deviner sa pensée. Pourquoi ne parle-t-il pas. Est-il encore dans le monde des femmes. Cette terre mille fois promise, cent fois touchée du doigt. Ce monde si beau où Joseph avait si mal. Ce monde qui l'avait accouché, nourri, admiré et porté aux nues. Ce monde soudain pris de panique. Ce monde déserté qui condamne celui qui reste à un drôle d'exil sur place. Ici. Dans le corps de Joseph. Cet exil intérieur qui naît quand les femmes se raidissent à son orgasme. Combien furent-elles à refuser cet instant de leurs deux mains poussant Joseph. Combien furent-elles à se lancer dans la bataille à peine outillées d'un canif. Combien de fois avait-il vu dans leurs yeux s'enfuir le désir. En une seconde. Cette seconde qui unissait toutes les femmes dans la vie de Joseph. La seconde maudite. La seconde qui n'est plus de l'amour. La seconde de la peur. Il pourrait bien changer mille fois de femme, toutes différentes, que cette seconde resterait la même. Il pourrait bien changer de pays, changer de nom, changer de peau, que rien n'y ferait.

Cette seconde de peur à force de la vivre dans les yeux des femmes, Joseph en était imprégné. Cette seconde de peur était devenue la sienne. Cette seconde de peur ne le quitterait jamais plus.

À quoi pensait-il de cet air abattu quand la colère laissait place à la fatigue, quand tombaient une à une les murailles de ce labyrinthe construit pour brouiller les pistes, toutes ces histoires pour en masquer une. L'histoire de ce poison, celui qui s'immisce en Joseph au plus profond dès qu'une faiblesse ouvre la brèche. Cette femme aux cheveux blancs. Cette femme peintre qui parlait comme lui un langage de pâte de formes et de couleurs. Il se croyait du même monde qu'elle. Il croyait qu'à deux ils seraient plus forts. Il croyait qu'elle aussi s'en était rendu compte. Il avait cru mille choses. Ils travaillaient ensemble, ils vivaient ensemble, ils firent des expositions en commun et eurent du succès. Rien ne pouvait les arrêter. Rien ne devait les arrêter. Il avait cherché cette femme toute sa vie. Une femme qu'il pouvait respecter pour son esprit, son talent et ses réussites. Une femme inconnue dont il ne ferait jamais le tour. Une femme libre et belle. Si libre qu'elle ne mit pas longtemps à redouter l'ombre de Joseph sur son talent, l'œil de Joseph sur sa vie. Elle prit ses distances et Joseph ne l'accepta pas. En une porte qui claque elle venait de réduire à néant les rêves, les projets, les espoirs de Joseph. Joseph devint ce qu'on devient dans ces cas-là, Joseph devint fou. Il poursuivit cette femme de son dépit, de ses pleurs et de son amour obsolète. Il débarquait en pleine nuit chez elle, bourré à mort et suppliant la vie de ne pas l'abandonner. Il lui hurlait si tu me quittes je vais mourir. Elle finit par ne plus répondre, se cacher et ne plus ouvrir sa porte. Elle finit même par avoir peur de lui, ce qui le rendait encore plus fou. Elle disparut de sa vie, se jurant bien de ne jamais y revenir. Joseph ne l'oublia jamais. Il rêvait d'elle une nuit sur trois et il lui avait parlé dans sa tête des mois entiers. Des mois, des années passés à s'excuser du mal, à vouloir convaincre. À se dire je l'ai aimée pour sa liberté et aujourd'hui c'est pour ça que je lui en veux. À se dire elle ne m'aimait pas vraiment mais sa haine est à toute épreuve. À revoir le film de tous les sales instants qu'elle avait vécus par sa faute. Il la revoyait dans le bateau, il la revoyait ce jour-là avec la peur sur son beau visage, se lavant le sexe dans la seule bassine dégueulasse du bateau de cette époque avec le peu d'eau qu'il y avait. Il se souvient qu'en la regardant il avait eu envie de se tuer. Trois minutes plus tôt ils avaient crevé une capote et l'instant d'amour avait basculé en cauchemar. Elle avait toujours fait semblant de ne pas vouloir voir la maladie de Joseph, mais qu'elle le veuille ou non elle ne pouvait plus ne pas prendre conscience du danger qu'il pouvait représenter pour elle. Alors sous ses nombreux cheveux blancs le tableau noircissait. Ce jour-là Joseph se serait bien coupé la bite et les deux bras. Ce jour-là Joseph perdit tout espoir de pouvoir être un être humain. De pouvoir aimer quelqu'un qui t'aime. Il s'en voulait d'avoir mis cette femme dans cette situation. Il en voulait à la vie de cette maladie sur laquelle il n'avait aucun pouvoir et qui lui gâchait le meilleur de son existence. Mais que devait-il faire. Devait-il lui dire, casse-toi je suis marié avec la mort. Le danger c'est de s'aimer. Lui dire tu n'auras que des larmes à gagner. Lui dire aime-toi, et va-t'en. Pourquoi ne pas se flinguer tout de suite. À partir de ce jour rien ne fut jamais pareil. Chacun ayant gagné une conscience nouvelle et bien plus froide. Joseph tomba gravement malade et tout le monde crut qu'il allait y passer. Même lui. Elle vint le voir une fois ou deux par pur acquit de conscience et un mois plus tard elle jetait la dernière éponge de cette histoire. Joseph se remit de sa pneumonie mais pas du souvenir des cheveux blancs. Peut-être même était-ce là le seul échec de sa vie. À la hauteur des rêves qu'il nourrissait. Un échec de feu dans sa tête, dans son corps. Un échec dont le fantôme le hanterait à jamais, en ricanant dans les oreilles de toutes celles qu'il séduirait plus tard. Toutes celles avec qui il recréerait le syndrome subi. Se voyant dans leurs pleurs, dans leurs mots, dans leurs yeux mouillés d'envies. À travers leurs larmes il vit les siennes. Il ne verrait plus que lui. Il resterait dans le rôle de Cheveux Blancs, pour comprendre. Elles furent des dizaines à venir subir la comprenette de Joseph, et quelques-unes à en souffrir vraiment. Il deviendrait Cheveux Blancs. Il cracherait son dédain à la terre entière, il n'aurait besoin de rien ni de personne, il n'aimerait que lui et resterait seul jusque dans les bras des femmes en les dépouillant de leurs rêves, leurs maigres illusions, pour les abandonner pieds nus sur cette glace incompréhensible. Il serait Cheveux Blancs, et elle ne le quitterait jamais. Elle était la tenancière, propriétaire des murs, et le sourire de Joseph était comme un calicot sur lequel on aurait marqué « pendant les travaux la vente continue ». Toute sa production picturale de l'époque ne fut réalisée que dans un seul but, parler à Cheveux Blancs, qui ne vint jamais à aucune de ses expos. Et lui comme un abruti qui croyait chaque fois que ce coup-ci elle viendrait. Alors un verre à la main dans son vernissage, Joseph était l'homme le plus seul de la terre. Alors Joseph eût voulu crier parce que sur les murs les tableaux ne criaient pas assez fort. Tous ces corps mutilés, émasculés, tronçonnés de glace, tous ces visages figés d'attente et de douleur, ces couleurs sombres et chaudes tranchées d'un blanc affûté, tout ça ne crierait jamais aussi fort que son cœur, tout ça ne crierait jamais aussi fort que ses prières, rien ne pourrait crier plus fort que le silence de Cheveux Blancs.

À quoi pensait-il, il ne pensait plus. Il finit par dormir là sur la table de la cuisine, rassuré du bleu matinal. Dehors la pluie, dehors de l'eau du sol au plafond.

Troisième jour.

Il s'est réveillé en début d'après-midi dans une flaque pour atteindre mille blanches colombes. Il se saisit devant lui d'un cadavre de la veille, le renifle et le repose. Non, pas aujourd'hui. Je vais plutôt me faire un pétard. Il regarde autour de lui. C'est lui. C'est Joseph. Sur cette planète pourrie, sur cette planète de pluie, sur cette planète d'os et de fractures. Cette planète d'embrouilles et de rêves comme celui de cette nuit. Il avait rêvé d'elle. Cheveux Blancs. Elle l'attirait dans une grande maison de bois où l'attendait un grand Noir comme dans le film de Bruce Lee. Sauf que celui-là il était peint en vert. Il ricanait d'un air menaçant vers Joseph qui de sa joie basculait dans la peur. Cheveux Blancs l'insultait à l'abri du géant pendant que Joseph essayait de lui dire je ne suis plus le même que tu as connu. Je te demande de me pardonner. Elle riait en regardant Joseph comme le dernier des cons. Ils étaient maintenant tout contre lui du mépris plein la bouche et Cheveux Blancs voulut brûler Joseph d'une cigarette sur la poitrine. Il paraît qu'il est très rare dans un rêve de voir ses mains, mais Joseph vit la sienne qui repoussait Cheveux Blanc. Il se mit en colère et les deux furent soudain surpris d'un étonnement désabusé. Comme déçus que Joseph ne veuille pas participer à leur connerie. Ils crachèrent sur Joseph et s'en allèrent en faisant des grimaces comme Elvis.

Joseph eut le courage de se faire un café, se rouler un joint et chier un coup. Dehors il pleuvait, pour changer. Peut-être un peu moins se disait Joseph par pur optimisme. Alors il est resté là jusqu'à la nuit tombante. À se dire qu'il s'était trompé pendant des années, des années à couver en lui cet amour désolé, cet amour dépité, mais de l'amour quand même. Il avait vu là la preuve de son humanité. Il était un homme parce qu'il aimait une femme. Cheveux Blancs pouvait ne pas l'aimer, mais rien ne pouvait en empêcher Joseph. Elle ne le quitterait jamais. Elle serait là dans chaque geste, chaque parole, chaque tableau, dans chaque caresse sur la peau d'une autre, dans chaque souffle de Joseph. Sa première grande exposition fut entièrement consacrée à cette histoire. Toutes les femmes qui aimeront Joseph, ce Joseph intouchable dans son château de glace, ce Joseph lointain dont les yeux se perdent dans le souvenir, ce Joseph qui souffre tant que ç'en est beau, toutes ces femmes seront jalouses à jamais de ce fantôme qui rôdait sur son travail, sur sa vie, sur son cœur et dans sa tête. Joseph était un homme parce qu'il aimait une femme. Joseph n'était pas mort puisqu'il aimait une femme. Il aimerait cette femme et serait libre avec toutes les autres. Il peignait Cheveux Blancs comme d'autres auraient peint la Sainte Vierge et lui à côté d'elle coupé en morceaux, figé sur sa croix de transi. Le Tout-Paris fut attendri sur ces tableaux de victime. Alors sur ce manque monstrueux Joseph bâtirait une cathédrale à Cheveux Blancs, si belle qu'elle donnerait naissance à une religion nouvelle. Elle y trônerait sur un retable de feu, transperçant les cœurs, maudissant des terres entières.

La pluie tombait mais Joseph s'en foutait. Dehors le monde dégoulinait mais Joseph n'y pensait plus. Je suis un homme, dit-il, parce que j'ai mal. Je suis un homme parce que je pleure et je tue. Je suis un homme parce que je suis perdu.

Dehors la pluie encordait la nuit. Il vit par le hublot une lumière au loin un peu en surplomb sur l'autre rive. Il crut même voir une forme humaine. Il pissa dans une bouteille, histoire de ne pas sortir et il est resté là à fumer accoudé au chambranle, les yeux dans la lumière là-bas. Il voyait la scène. La petite famille autour de la télé avec le père qui se passionne pour le cahier de notes de ses deux petits pleins de morve aux mains propres, et la mère qui dit à table les enfants. Alors le père monte le son pour la météo, et la télé hurle bande de connards il pleuvra sur votre pays de merde pendant quarante jours et quarante nuits !

Joseph tournait en rond. Il aurait voulu brûler ce bateau, brûler cette vie la sienne, brûler son âme et puis putain de merde brûler cette pluie. Il le sentait monter en lui, le réflexe de toujours, celui qui fait qu'on prend l'outil pour tout poser là, d'un geste, de toute une nuit. Il crut même pendant une seconde qu'il allait peindre, enfin peindre. Peindre comme accepter cette peau et en faire quelque chose. Accepter de vivre, même coupable. Se donner le droit de reparler à la société des autres, le droit de séduire et de l'être, le droit de parler aux femmes. Peindre.

Mais il ne bougeait pas et restait là dans le bruit de la pluie. Il ne l'entendait plus. Ça hurlait dans sa tête. Toutes ces voix donnant leur avis. Au milieu d'elles, l'une couvre les autres. Celle qui dit si tu acceptes c'est que tu es un lâche. Un homme qui fuit sa faute. Tu pourras te couvrir de gloire ou d'une auréole, jamais tu n'oublieras le mal que tu as fait à Cheveux Noirs. Tu sauveras mille fois tes pauvres petites apparences, tu riras mais tes dents seront jaunes. Tu pourrais même te soustraire à tout regard humain, au regard de Dieu, que rien n'effacerait ta culpabilité, ce lien tissé par la mort. Ce lien qui t'étrangle. Ce lien de glace entre Elle et toi.

Non, il n'est rien que je puisse peindre, se dit Joseph. Il n'est rien en moi que je puisse sublimer sans mentir. Je ne suis plus un homme. Je ne suis plus beau comme le sont les hommes. Je suis une montagne de cellules, de sang, de tripes et d'os, de bactéries dégueulasses qui transpirent leur maladie, tantôt honteuses, tantôt fières de l'être, mais toujours dangereuses. Une nouvelle toile de moi serait comme une larme sous la cagoule, celle du bourreau qui ne supporte plus qu'on vienne lui dire après le spectacle j'aime beaucoup ce que vous faites. Joseph hurlait, ne vois-tu pas ce sang sur mes mains, cette bile dans ma bouche, ne vois-tu pas cette bite qui ne tend que vers la mort! Veux-tu vraiment boire à mon auge, manger ma faim, respirer ma fin. Veux-tu poser tes yeux et contempler cette merde, sera-t-elle à ton goût, en accord avec le tissu de ton canapé. Tu veux acheter mais que vas-tu te payer. Ma souffrance ou mes erreurs, mon repentir ou son éternité, mon sang ou la peur qui l'empoisonne. Veux-tu vraiment percer ce mystère comme on le ferait d'un furoncle, transformer tes cimaises en potences, exposer l'implosion comme on le fait d'un crucifix. N'as-tu pas d'autre rêve, d'autre voyage à faire, d'autre port où t'embarquer. Il voyait d'ici ceux qui lui répondent mais pourquoi exposes-tu si tu ne veux pas qu'on apprécie. Voudrais-tu prétendre canaliser, diriger, enfermer l'intérêt qu'on peut avoir face à une œuvre. N'y a-t-il aucune liberté que tu veuilles laisser à ton pauvre public. Ne montre pas si tu crains le regard. Quel intérêt d'un pâturage où l'on ne peut brouter. Tu ne peux demander de chausser les patins pour pénétrer et faire reluire ton univers de cire. Il te faut bien lâcher ton os si tu viens nous le mettre sous la truffe. Les gens sont venus jusqu'ici, ils possèdent chaque clou et ce qui en pend. Fût-ce ta vie entière, si tu l'accroches.

Joseph ne savait plus. Joseph ne savait plus rien. Joseph était là debout dans le noir de sa cuisine, à ses oreilles le cataclop sans fin de cette planète de pluie. Il voyait Cheveux Noirs debout devant une de ses peintures crachant sa haine, crachant du sang sur les toiles, comme pour remettre les pendules à l'heure. Comme pour dire voyez cet artiste, voyez ce qu'il fit de mon sang, de ma vie. L'admirez-vous aussi pour ça ?

Joseph ne savait plus. Joseph ne savait plus rien.

La lumière sur l'autre rive s'éteignit alors qu'il prenait des bougies neuves, le Caméscope et une bouteille ou deux. Auréolé des lueurs tout autour, il prit son souffle et appuya sur le bouton avec un petit sourire.

— Espace, espace, frontière de l'infini. Ma mission de mille ans, découvrir de nouveaux mondes, de nouvelles douleurs. Tout près pas loin à vol d'oiseau il y a des bombes qui creusent les tombes de ceux sortis à la lumière chercher à manger. Et ils crèvent là sur le trottoir, tapis derrière des carcasses de voitures, criblés, baignant dans leur sang pour trois poireaux. Ici la mort dure des siècles. Ici la douleur est de toute une vie. De chaque pensée, la mort se vit sur des années. Ici la mort se donne avec amour et désespérance, tendresse et plaisir. Il but un coup et reprit, pourtant je ne suis pas mort puisque je parle. Dois-je me taire aussi, pour mieux correspondre à ce que je suis, une tombe sur ses deux pieds, un sursis puant. Je ne sais plus. Je ne sais rien. Je ne saurai jamais plus rien. La seule indulgence que je pourrais avoir sur ma vie me conduirait au suicide. Mais ce serait beaucoup trop simple. Je resterai accroché par les ongles à cette vie de merde. Par pur esprit de contradiction. Parce que la contradiction c'est la vie. Tant que je haïrai cette vie je serai vivant, pour en souffrir. C'est le Non qui tient debout. C'est la haine que j'aime. Les pierres n'ont pas la haine, les animaux n'ont pas la haine, les arbres n'ont pas la haine. Les hommes ont la haine. Je suis un homme parce que j'ai la haine. Peu importe contre qui ou quoi. Alors pourquoi pas contre moi. Je me hais et ça me tient debout. Haïr la vie c'est encore la vivre. Je vivrai cette vie que je hais. Je vivrai cette haine, parce qu'elle vit.

Joseph éteignit la caméra. Il se dit que pour une fois qu'il n'était pas bourré à mort, il dormirait dans son lit. Il prit quand même une bouteille pour aller se finir là-bas. Il n'avait pas mis les pieds dans la petite cabine depuis des lustres. Il retrouvait là son lit humide qui sentait la rouille, le moisi et la fumée. Il fit un feu dans le petit poêle et enfin il quitta ses chaussures. La pièce changea d'odeur. Ça sentait fort le chien mouillé qui aurait macéré des années dans la merde de bouc. Il s'est allongé une bouteille dans la main gauche et un pétard à droite. Dehors le courant violent malmenait le bateau comme au fond d'un chiotte géant à la chasse d'éternité. Joseph ne pensait plus à rien. Toutes ces questions, tous ces doutes et ces certitudes, tout tournait dans sa tête sans qu'aucune réponse n'apparaisse, sans même qu'il y comprenne quelque chose. Il aurait pu rester là des heures à recoller ses lambeaux épars, à fouiller de sa main froide le panier de crabes de sa pensée. Il aurait pu parler encore, tout seul à haute voix dans une éternelle conversation avec sa douleur, ses manques et ce truc-là dans la poitrine, brûlant comme un tambour du Burundi. Il aurait pu titiller ce petit poisson mort à l'entrecuisse. Jouer avec, tout seul comme avec une balle contre un mur. Il aurait pu cracher, cracher tout ça, cette vie de merde et puis cette mort de merde. Il aurait pu mille choses. Se lever, courir et plonger. Crier et s'envoler. Il aurait pu se peindre en rouge et brûler. Il aurait pu se couper un bras pour déplacer la douleur. Il aurait pu se mentir à lui-même et croire encore à quelque chose. Mais il ne bougeait plus. C'était bien lui, Joseph dans ce monde de merde, dans cette vie à la con. Alors il pensait à son chien. Par un temps pareil il serait venu se blottir contre lui pour se rassurer des éclairs et en profiter pour squatter une partie du lit. Mais le chien, son haleine, sa chaleur n'étaient plus là. Il devait être derrière la pluie dans un pays de soleil et d'os à moelle, tenant une vieille dame en laisse qui l'aurait affublé d'un nom ridicule auquel il ne répondrait que par courtoisie amusée. Il devait bien penser à Joseph de temps en temps, mais une nouvelle gamelle copieuse et régulière avait dû le consoler vite fait.

Enculé de chien pensait-il. Puis il s'endormit.

Dans ses rêves Joseph n'était pas si seul que dans sa vie. Ils étaient tous là à le regarder, à chercher la faille en lui. Toutes ces femmes s'écartant pour laisser passer Cheveux Blancs qui brandissait une croix où Cheveux Noirs crucifiée le jugeait sans appel. Il voulait courir sans y arriver, pataugeant dans la semoule alors qu'autour de lui tout brûle, tout hurle. La nuit épuisait Joseph de tous ces sentiments qu'il prenait en plein visage, comme les gouttes énormes et boueuses de cette pluie, sa vie.

Quatrième jour.

Il avait dormi tenant sa bouteille comme une femme contre son cœur. Ses cheveux collés de sueur, il était si mouillé qu'il aurait cru avoir dormi dans le lit du fleuve. Il ouvrit ses yeux dans un frisson glacé. Dehors il pleuvait comme vache qui cystite, le bateau bougeait et cognait contre les arbres. Il est resté un bon moment dans sa sueur froide. C'était bien lui, Joseph le mouillé, qui mouille tout ce qu'il touche, Joseph le noué, Joseph le noyé, Joseph de merde dans cette vie de merde. Mais Joseph le sait, c'est pas aujourd'hui qu'il se collera une balle. Alors pourquoi ne pas se lever, mettre des habits secs, chier, manger, boire et fumer, et puis penser, panser comme un chien son pus à grands coups de langue. Penser jusqu'à ce qu'une porte s'ouvre. Penser parce que c'est tout ce qui reste.

À des kilomètres de là, dans le petit hôtel des bords de Saône, une femme aux cheveux noirs avec son imper sur le dos regarde la pluie sur la vitre. Elle serre contre elle dans le petit sac la clef de son malaise. Elle sait qu'elle y arrivera. Elle le sent. Il est là tout près. Après elle pourra revivre, récupérer sa vie la sienne, pas celle qu'il lui a prise. Elle est montée dans sa petite voiture et a disparu dans la pluie.

Dans un élan de positivisme Joseph finit par se mettre debout, se déshabiller et mettre des vêtements secs. La pluie faisait un bruit du diable, l'eau ne descendait pas mais les arbres tenaient bon. Tu parles d'un printemps, se dit-il. Depuis combien de temps pleuvait-il, il ne savait plus. Depuis toujours. Alors il se mit une lichette de rhum dans le cawa pendant que dehors la nuit pointait sa truffe. Qu'allait-il faire. Sortir encore ses douleurs comme autant de lapins crottés de son marécageux chapeau, exhiber sans plus finir ses déchirures à l'œil de glace. Allait-il encore une fois se laisser enfermer dans l'histoire de Joseph, cette plaie ouverte, replonger dans son marasme, le nourrir de l'énergie passée à s'y débattre. Joseph s'en branlait. Pour l'heure il se ferait un gros pétard en attendant la nuit noire.

À travers la pluie il vit s'allumer la petite maison. Il eut un petit sourire en pensant que c'est eux là-bas qui devaient le regarder en rigolant. Peut-être même avaient-ils assisté à l'accident. Pourvu qu'il ne leur vienne pas à l'idée d'envoyer du secours. Joseph ne voulait ni voir des gens, ni leur parler et encore moins être sauvé. Il contrôlait la situation et puis être sauvé c'est comme s'enfuir. Il ne pouvait rien lui arriver de pire que d'avoir construit toute cette merde et d'en être sorti par un autre. Et pourquoi pas une fessée pendant qu'ils y sont. Il restait là les yeux dans le vague de la petite lumière accrochée à son flanc de colline sous la pluie. La maison respirait la paix et avec un peu d'imagination on voyait sans peine un filet de fumée rassurante. Appuyés contre les volets deux petits vélos prenaient leur douche. Joseph se dit ils sont bien là-bas. Ils ont chaud, ils ne sont pas inquiets, ou alors pour leur treizième mois. Ils ne sont pas combattants mais bâtisseurs de leur bonheur, qu'ils torchent à pleines truelles de leurs sourires stupides. Ils n'ont pas le même sang, ils n'ont pas la même sueur, le même sperme, la même salive, les mêmes larmes. Ils n'ont pas envie de mourir à chaque passion qui s'ouvre en eux. Ils ont le temps de se tromper, faire des détours, dix fois changer de chemin, et même reculer pour mieux sauter. Il ne leur en voulait pas. Il n'était juste plus de ce monde. C'est sûr qu'il aurait pu aimer lui aussi, mais sa vie en avait décidé autrement. Quand cette pluie s'arrêtera je partirai mais eux ils resteront là comme des cons, se dit-il par pure mauvaise foi pour se consoler.

La nuit était là. Il mit des bougies et resta à boire, fumer et grignoter. Pourquoi ne pas finir cette toile là au fond. Pourquoi ne pas torcher ça, monter le vendre à Paris, se faire des couilles en or et se payer un moteur d'enfer pour niquer les inondations du monde entier. Les gens n'ont rien à foutre des états d'âme. Ils sont loin de la pureté. Comme ceux de la petite maison, les gens s'en branlent que ton cœur soit sali. Les gens s'en branlent de ceux que tu as salis, de ceux que tu saliras. Les gens achètent l'image mais pas le fabricant.

Dehors on aurait dit que la pluie faiblissait et Joseph qui avait du mal à y croire se dit qu'il fallait quand même fêter ça d'un bon tarpé rhum citron, pour changer.

Des heures plus tard il était toujours là dans la faible lueur des bougies finissantes. Depuis un bon moment le vent s'était levé comme jamais et emportait avec lui une semaine de pluie. Joseph n'en croyait pas ses yeux. Putain si c'était si facile, pourquoi ce vent n'est-il pas venu plus tôt. Il sortit alors sur le perron prendre les dernières gouttes comme pour dire voyez je vous ai bien niquées. Vous m'aurez pas. Vous pourriez noyer ce monde que j'aurai encore un tuba.

Mais sa joie fut de courte durée. En effet la pluie cessant, l'eau allait redescendre et il allait pouvoir repartir. Mais voilà, repartir où. Dans sa vie à lui, Joseph de merde dans son cloaque. Être bloqué là évitait à Joseph de se demander pourquoi. Depuis trois jours il n'avait eu le souci de justifier son errance et finalement ça lui avait fait des vacances. Il allait devoir repartir, fuir encore le Joseph d'hier dans le bled d'hier, fuir ses cris ses pleurs, fuir les fautes et les erreurs, ses remords, son attente monstrueuse et la réouverture permanente des mille plaies de son cœur. C'est reparti pour un tour, le tour d'une vie, la sienne jusqu'à la mort. Une vie de traversées sans ports avec l'enfer comme escale de chaque soir, jusqu'au bout, jusqu'au bout du vieux bourin. Une vie déjà morte pour pas mal de gens, ceux qui à Paris lui demandent d'un sourire tordu, alors ça va ? Une vie enviée par personne à laquelle beaucoup « s'intéressent ». Une vie comme un tribunal bancal qui distille de sa loterie théâtrale la sentence de décadence en riant des résistances. Une vie qui s'enfonce parce que trop chargée. Une vie de plomb dans un monde d'acier.

    Il était là debout dehors, dans le silence laissé par la pluie, léché par le vent dans le grondement du courant, alors que sortait la brume comme dégueulée par l'amont. Levant le menton vers un ciel sans étoiles il se dit que la lune y a longtemps qu'un enculé l'a décrochée. Au bout d'un moment dans le noir tout blanc de brouillard, il eut froid et rentra. De toute façon il allait bien falloir deux ou trois jours pour que coule toute cette flotte. Ça ne sert à rien de se prendre la tête maintenant. Il est retourné s'asseoir à la cuisine, fatigué d'avance. Il y avait ce demain, ce demain maudit qu'il faudra vivre, qui va s'étirer encore, ce demain sans Cheveux Blancs, demain de manque et de solitude. Il ne savait même plus si ce fleuve le rapprochait ou l'éloignait de Paris. Et puis, qu'est-ce qu'il en avait à foutre. Où qu'il irait il se retrouverait lui-même. Il pourrait bien errer dix ans qu'elle n'aurait toujours pas envie de le revoir. Et où qu'il aille il ne pourrait échapper au mal dans sa tête. Le mal fait à Cheveux Noirs. Plus rien de beau ne pourra sortir de ses deux mains tachées. Il avait perdu son si beau rôle d'artiste qui jusqu'ici justifiait ses doutes, ses erreurs, ses égarements. Ce si beau rôle qui permet de travailler même quand on ne fait rien. Ce piège à femmes qui donne l'illusion d'être aussi beau que ce que l'on peint. Mais que foutrait-il d'une femme aujourd'hui. Et que pourrait-elle faire de lui. À part graisser encore, huiler cette mécanique inexorable qui fait qu'à force d'aimer on oublie la mort. Mais la mort, elle ne nous oublie pas.

Il était là le pétard au bec à regarder briller l'œil de la caméra. Alors il sortit deux trois bougies, se remplit un verre et appuya sur le bouton.

— Ce jour-là je t'ai tuée. J'étais là dans le noir, hébété, chancelant, à ne pas comprendre ce que j'ai fait. Je n'avais pas dans la main l'arme du crime. Ton cadavre n'était pas là et ton sang bouillait dans tes veines là-bas à l'autre bout de Paris. Dans ma tête résonnaient tes insultes, l'air était de plomb et mon corps s'écrasait sous les pressions. J'aurais voulu qu'il ploie, qu'il se brise comme un arbre trop sec, qu'il croule sous la charge et que s'effondre cette instinctive résistance qui tient debout la somme de malaises que je suis, sous ma couche de chair avariée, viciée, sale et abritant la vermine, tombereau d'immondices à la gueule d'ange et au cœur de lave refroidie. Je suis là. Je t'ai tuée, il faut que je paie, sous l'inquisition de ma conscience cette lumière noire presque palpable, qui m'enveloppe tout entier sans qu'un recoin de moi ne lui échappe. Je suis là. Je sais que je suis coupable. Je me prenais pour un ange mais je sais que ce qui vient de se passer, Dieu ne l'oubliera jamais. Je suis sale et dangereux et la première pierre du mensonge sont mes yeux si francs qu'on ne les croit pas.

Il se verse encore un verre qu'il s'envoie cul sec.

— J'ai deux fois chopé la mort. La première mort était un jeu, une réflexion profonde sur le désir, la mort, la peur. Un mode de vie basé sur cette angoisse irréelle, cette menace gardée là bien au chaud, bercée, triturée, analysée, jusqu'à devenir cette énergie pure qui remplit les toiles et fait frissonner le chaland. J'ai deux fois chopé la mort. La deuxième quand la mort prit forme à travers moi qui refusais de la voir, sous cette forme, la forme aux Cheveux Noirs dont le seul tort fut de m'aimer. J'ai cru souffrir jusqu'à aujourd'hui, ce n'était rien. La deuxième porte vient de s'ouvrir sur l'enfer le vrai. Alors c'est fini de cette bataille que je livrais acharné, dont l'issue m'importait peu, suffisait la beauté du geste si essentielle à mon existence comme la base solide d'un éternel renouveau. Cette beauté du geste fut transformée par la mort en rafale meurtrière. Je ne sais plus si j'ai encore le droit de peindre, faire le beau, séduire. Ici se perpétue le journal d'un assassin.

Il eut un silence puis reprit.

— Cheveux Blancs, tu es si loin, emportant mes rêves si simples qu'ils avaient l'air possibles.

Joseph tirait une taffe, l'avalait profondément et reprenait.

— Je me souviens, Cheveux Blancs, la dernière fois que je t'ai vue, tu papillonnais entourée du rempart de tes amis, tous tes amis qui ne me connaissent que par ta bouche, qui déjà me détestent et me jettent des regards louches. On aurait dit qu'ils savaient ce que je t'ai fait. Ils ont bien de la chance, à moi tu ne l'as jamais dit. Ce que je sais, c'est que ce que je t'ai fait ne s'oubliera jamais. Ce que je sais, c'est que tu jetas à tout jamais le peu d'amitié qui nous liait pour au contraire garder bien au chaud la haine formidable dont tu cimentes sans cesse les lourds moellons de ta citadelle. Ce que je sais, c'est que ta haine nous attache l'un à l'autre autant, sinon plus, que mon amour. Ce que je sais, tu le sais aussi et c'est comme ça que tu me veux. Tu ne m'as donné que le bout de tes lèvres mais tu as pris mon corps, sa raison, ses envies, ses maigres espoirs. Tu m'as tout pris n'oubliant que mes outils. Trop lourds, Trop sales, Trop forts pour toi. Mais tu ne pus prendre ma rage entière parce que tu n'as vu que ce qui sortait de l'eau. Alors dans ce noir j'ai trempé mes pinceaux pour faire émerger tout ce que tu n'as pas vu, tout ce que tu refusais de voir, tout ce qui faisait cet homme sur lequel tu avais si imprudemment posé les mains, sans voir les trous béants que tu colmatais. J'ai laissé parler le soufre pour te montrer que l'enfer n'était pas un vain concept, qu'il pouvait se vivre aussi derrière le masque d'un sourire, même à la gueule d'ange. Je n'ai fait que me défendre face à ce mal qui me rongeait, ces nouveaux couteaux dans les vieilles plaies, rouvrant les douleurs anciennes de l'abandon. Tu n'avais pas voulu voir tout ça avant, alors tu seras forcée de le voir après. Quoi que tu fasses aujourd'hui, je ferai toujours partie d'un an de ta vie. Le monde entier ne pourra pas ne pas le savoir. Éternellement je le lui rappellerai. Nous sommes liés pour toujours par ta haine et mon amour.

Joseph se tut. Il était là, les yeux rouges et de la fumée qui lui sortait par les oreilles. Par le hublot la branche déplumée couinait gentiment dans le silence des trois gouttes qui tombaient des arbres pendant que chuintait sourdement la rivière. Il est resté là un bon moment à se dire qu'il était fou. Qu'il n'aimait que celles qui lui avaient fait mal. Que tout ça n'était pas de l'amour mais le miroir de la douleur d'une vie.

Une vie de rendez-vous manqués à être noir dans le blanc et blanc dans la nuit. Une vie de bouteilles à la mer, de cris silencieux accrochés à ces murs pleins d'oreilles. Une vie entière bâtie sur une culture du dépit. Une vie entière à refuser la cécité du monde, à brûler même sous la pluie. Comment Cheveux Blancs pouvait-elle ne pas savoir tout ça. Comment avait-elle pu aborder cet homme comme elle l'aurait fait pour un autre. Comment avait-elle pu croire pouvoir vivre quelque chose de simple avec Joseph. Comment avait-elle pu l'aimer si peu pour ce qu'il était vraiment. Comment avait-elle pu, le quittant, lui reprocher sa tristesse et la lui faire bouffer. Non, tout ça n'était pas de l'amour. Pourtant Joseph l'aimait. Joseph l'aimerait toujours. Parce que ce sentiment véritable était une vie en soi, peut-être même la seule vie qu'il se soit jamais choisie. Cette monstrueuse attente nourrirait son Art, comme encore une fois la seule vengeance de Joseph face à une adversité de merde.

On est tous les ex de quelqu'un, se dit-il en rallumant la caméra. Mais très vite il se tut.

Il rebut une gorgée parce que quand on a commencé à se murger, il faut se finir. Accroché à sa table comme à un radeau il ricanait tout seul se disant qu'avec tout ça il pourrait bien écrire un livre. Un beau livre chiant à mourir. Mais pourquoi faire et pour qui l'écrire. Qu'en avait-il à foutre de tous ces hypothétiques lecteurs devant son histoire. C'est là qu'encore une fois Joseph se dit qu'il était quand même un drôle de type à haïr le monde et tous ses représentants, mais à constamment avoir envie de lui soumettre sa vie, son Art et ses échecs. Ce que Cheveux Blancs appelait son manque de pudeur. Il se souvint d'une fois où elle lui avait demandé de ne plus peindre des histoires de sexe maudit, tronçonné, névrosé et ravagé. Elle lui dit que les gens savaient qu'ils couchaient ensemble et elle ne voulait pas qu'ils puissent croire que c'était avec elle que Joseph vivait ces instants sordides et glacés. Joseph répondit qu'il peignait la vie de sa pensée, que le tableau sur le mur était un miroir de Joseph. Ce Joseph en question avec qui elle vivait, ce Joseph qui ne peignait pas par amour des fleurs, mais par douleur, conjurant de chaque touche ses nauséabondes malédictions. Ce Joseph à qui elle disait je t'aime en faisant l'amour, uniquement en faisant l'amour, ce Joseph qui avait tant besoin d'autre chose comme d'aimer, aimer vraiment. Sa vie sexuelle n'était que pur apparat, parce que ce sont des choses que font les gens normaux, alors lui aussi. Et puis sans ça les femmes se seraient encore plus vite rendu compte qu'il était fou. Mais plus les femmes prenaient du plaisir à jouir de son corps, plus il s'y sentait seul. Oui Cheveux Blancs, c'est bien avec toi aussi que j'ai vécu ça, dit-il. Il restait là et dans sa tête tournait la voix de Cheveux Blancs.

Je t'aime Joseph, je t'aime.

Moi aussi je t'aime, dit-il avant de sombrer.

Il fit un rêve où tombait la neige. Deux travailleurs se réveillaient sur un tas de cailloux. L'un était paveur de routes et l'autre maçon. Le paveur dit, il fait froid ici. Avec ce beau tas de pierres je peux nous construire une route, une route pour rejoindre un pays chaud que je pressens pas loin d'ici, un pays où le mot fermé n'existe pas et où les murs sont en papier. Le maçon répondit, que ferait un maçon dans ton pays de papier, je ne construis pas des châteaux de cartes. Et puis ton pays tu le pressens mais y as-tu déjà été? Existe-t-il? Non, avec ces pierres je nous construis deux petites maisons et quand tu veux tu viens chez moi prendre l'apéro. Je ne bois pas, répondit l'autre. Ils restèrent là un bon moment à se regarder. Je ferai ma maison, dit l'un. Je taillerai ma route, dit l'autre. Alors ils se mirent frénétiquement chacun à son travail ne se retrouvant que devant le tas de pierres tandis que la route s'éloignait à mesure que montaient les murs de la maison. À la nuit tombante ils se retrouvaient tous les deux devant la dernière pierre. Le paveur prit la parole le premier. Détruis ton maigre mur et finissons ma route, ce soir nous dormirons au chaud. Non, défais plutôt ton tronçon riquiqui et finissons la maison pour y passer la nuit, dans une chaleur qui sera loin d'être imaginaire. Ils se regardèrent encore un bon moment. En bons Compagnons il leur était impossible de détruire de force le travail de l'autre. Le travail, plus que les hommes, se respecte. Avec le silence tombait la nuit. Ils restèrent là au pied du mur inachevé, au début de la route sans arrivée. Plus tard ils prirent chacun l'autre dans ses bras pour avoir plus chaud. Et ils s'endormirent.

Le deuxième jour ils se réveillèrent sur leur problème resté entier. La nuit porte conseil, dit le maçon, j'ai réfléchi, je crois qu'il y a des arbres là-bas. Je finirai ma maison avec du bois. Très bien répondit le paveur. J'ai réfléchi aussi. Je reprendrai mes pavés derrière moi, ainsi je pourrai avancer indéfiniment. Ils se regardèrent longuement et avec un petit sourire et ils finirent par s'embrasser. Ils se dirent au revoir et repartirent chacun à son labeur. Arrivé à l'horizon le paveur se retourna et cria au maçon, auras-tu vraiment chaud tout seul dans ta maison ? Et toi n'es-tu pas seul dans ton errance, lui répondit-il. Alors le paveur disparut sur son tronçon, la neige redoublait et incluait les murs au paysage en effaçant toute trace de la route.

Rien ne s'est passé. C'était juste un rêve de Joseph.

Cinquième jour.

Joseph n'ouvrit pas les yeux tout de suite. Il savait. Elles étaient là, autour de lui dans la cuisine. Les femmes. Toutes les femmes de sa vie, avec chacune sa blessure, petite plaie ou ravin douloureux. Elles passaient par là jeter un regard sur lui, sans haine ni compassion, sans rien attendre. Elles souriaient et partaient une par une, faire des enfants avec les autres. Elles lui écriront des lettres et seront tristes un jour d'apprendre qu'il est mort. Lui qui aura passé sa vie entière à leur faire croire le contraire. Seule restait Cheveux Blancs qui lui disait, ouvre tes yeux Joseph. C'est bien toi dans ce monde de merde. Joseph de merde. Tu n'es que l'homme que je fuis. De cette journée qui s'annonce il n'y aura pas de minute sans que je te manque. Debout Joseph, ce n'est que la vie que tu t'es construite. Ta vie de merde où la pluie ne s'arrête que pour mieux reprendre.

Il ouvrit les yeux pour constater que la pluie n'avait pas repris mais que assurément Cheveux Blancs n'était pas là. Il resta un bon moment affalé sur la table à regarder autour de lui. Où étaient-elles toutes les femmes de sa vie. Toutes celles qui au moins une fois lui avaient dit je t'aime. Combien furent-elles, des centaines, se dit-il un peu prétentieux. Peu importe. Que reste-t-il de tout cet amour qui brillait dans leurs petites canines, qui mouillait leurs petits yeux en faisant trembler leurs petites tétines fraîches. Il aurait voulu voir se dresser devant lui un corps palpable, le corps de toute cette attente féminine, un corps fait de tous les fantasmes qu'il ait pu susciter, un corps d'amitié pour le réchauffer de ses bras chauds. Il aurait voulu que tout ne soit pas vain. Il regardait autour de lui. Même le chien n'était plus là. Le seul corps était le sien. La seule force était la sienne. Le seul amour était sa douleur. Dehors, le corps du fleuve, le cadavre d'une pluie, le corps du monde. Et moi je suis un suppositoire, se dit-il en roulant un joint pour fêter ça. Le jour était un jour blanc à la lumière agressive. Pas de problème, c'était bien lui, c'était bien Joseph de toujours pour une journée de plus dans cet aveuglant monde de nuit. Il regardait dehors pour constater que la rivière ne gonflait plus, mais ne désemplissait pas. Le paysage alentour portait les traces du déluge. Autour de l'eau un océan de boue martelée descendait du sous-bois. La petite maison en face semblait comme plantée dans la merde, comme ça je suis pas tout seul, se dit-il. À peine eut-il fini de dire ça qu'il vit la porte s'ouvrir et sortir deux enfants chaussés de bottes en plastique orange fluo qu'on aurait pu voir à des kilomètres. Ils paraissaient contents de sortir, comme si la pluie les avait eux aussi enfermés. Ils poussaient des cris en pataugeant gaiement et se jetaient de la boue comme si c'était Noël. Dans la porte apparut une femme d'allure tranquille qui paraissait avoir un grand corps dans une robe trop grande encore. Elle restait là, appuyée contre le mur. D'ici Joseph ne voyait pas les caractères de sa tête et elle n'avait pas l'air d'engueuler ses mômes. Même quand ils ont enfourché leurs vélos du genre de ceux que l'on vend sans garde-boue, sûrement pour mieux faire corps avec la nature. Puis les enfants sont partis sur le chemin pour disparaître. Elle est restée là un bon moment la tête en arrière contre le mur comme s'il y avait du soleil. Joseph était là les yeux fixés sur elle et elle dut le sentir car elle tourna d'un coup la tête en sa direction. Joseph eut peur et n'eut que le réflexe de se planquer. Une demi-heure plus tard elle était toujours là quand les enfants revinrent avec des courses. Ils descendirent de cheval pour lui prendre la main et ils rentrèrent à l'intérieur. Joseph se sentit stupide. Pourquoi avait-il eu peur comme un gamin dans la confiture. Cette femme manifestement n'avait pas toute sa tête. Avait-elle senti de si loin un frère de tare. Peut-être même lisait-elle dans sa pensée. Les fous ont des pouvoirs insoupçonnés, ils te dénudent d'un regard et percent ton âme.

Joseph restait là les yeux dans le vague à boire son café. Il finit par se lever et ouvrir l'armoire à pharmacie qui débordait de drogues diverses. Ces derniers temps il avait déconné. Depuis maintenant presque un an Joseph était gavé d'antiviraux multiples et de toute une batterie de trucs contre les nombreux champignons qui proliféraient dans son corps sans défenses. Des trucs marrants comme cette toxoplasmose qui lui grignotait le cerveau et qui pendant un mois lui avait paralysé le bras et la jambe gauches. Les toubibs et leur science remirent Joseph sur pied pour la grande expo de rentrée qu'il avait préparée. Il y retrouva tous ces gens dont aucun n'avait eu un mois plus tôt la moindre intention d'un soutien quelconque. Se voyant mourir Joseph avait souffert de cette évidence une fois de plus, il était seul. Mais c'est vrai aussi, a-t-on idée de crever en plein mois d'août. Joseph s'était vu mort, Joseph se vit guérir. Mais Joseph savait que tout ça n'était que partie remise. Le pouvoir du geste, du mouvement, de l'autonomie, le pouvoir de parler et même celui de penser, tous les pouvoirs de Joseph allaient lui être retirés. Le pouvoir de Joseph n'était qu'un sursis. Alors devant le creux de sa main et sa ration du matin Joseph se demandait pourquoi continuer à nourrir cette guerre en lui. On n'envoie pas des munitions pour un cessez-le-feu. Il aurait tant voulu que se taise au fond de son corps cette violente bataille sans bruit, la Bataille Silencieuse contre la mort dans chaque geste, chaque pensée. La bataille d'une vie. Joseph avalait le tout sachant qu'il avait là de quoi se foutre bien la gerbe pour la journée. Mais ces putains de pilules devaient bien servir à quelque chose. Pour l'instant mais pour combien de temps, se dit-il. Et il se mit à imaginer la bataille pleine de couleurs comme dans les imageries scientifiques, des globules aux sales tronches qui dégueulent sur les pauvres petits lymphocytes courageux mais submergés. Il voyait d'ici les virus aux casques à pointe se débarrasser de leur cuirasse pour mieux pénétrer la ligne de front. Il voyait la progression de ces envahisseurs par colonnes qui dans leurs bagages n'ont amené aucun drapeau blanc. De grands champs de sang où se noient la veuve et l'orphelin et leurs râles qui courent en surface comme le vent brûlant de la mort. Des artères pleines de cadavres mutilés, boulevards de la défaite où se livre sans couteau le corps-à-corps des amibes éventrées laissant se déverser leur tripe avariée sur des kilomètres, fertilisant la pourriture. Alors il se servit une rasade de rhum pour désinfecter tout ça. Dehors les jours rallongeaient et on voyait poindre une lumière nouvelle qu'on n'avait pas vue depuis le début de l'hiver. Il est resté là jusqu'au soir à se torcher le neurone. À penser encore et mille fois à la mort pour être bien sûr qu'elle n'irait pas le prendre en traître. La mort de Joseph ne pourra être une douloureuse désillusion pour lui s'il s'y prépare et en accepte d'avance l'augure. Quoi de pire que d'être surpris en pleine insouciance. Joseph se battait mieux connaissant l'issue fatale que dans le rêve illusoire d'une victoire. Joseph ne tomberait pas de haut. Si la mort le voulait elle n'avait qu'à le prendre debout tel qu'il vivait dans sa mouise. Alors à ce moment-là il pourra se permettre le luxe d'un sourire. De son ennemi il se fera complice transformant ainsi la malédiction en un nouveau chemin tracé qu'il pourra emprunter pour vivre une des plus passionnantes aventures humaines qui soient. Pour un peu il aurait frétillé d'avance, pensant qu'il allait connaître avant tout le monde, avant ses amis, ses parents et ses enfants qu'il n'a jamais eus, la fameuse lumière blanche dont parlent les survivants. Il allait pénétrer le néant, cette notion qui échappait même à sa réflexion. Il allait être à lui tout seul un petit bout de ce néant, grand comme le néant lui-même. Il allait enfin tout comprendre, englober l'univers de son esprit, d'un bout à l'autre simultanément. Il y trouverait peut-être tout ce qu'il n'avait pas connu sur cette terre, cette paix dont parlent les sages. Certes il y sera sûrement loin des femmes et de tout ce qu'il a aimé dans ce monde de chair, de sexe et de sang, mais il en aura rien à foutre. Il sera lui-même loin de lui-même, loin de cette souffrance au plus profond de son cœur, loin de cette histoire, la sienne depuis toujours. Loin de tout ce qui fait qu'un homme en est un. Loin des attentes, loin des rêves, loin du chaud, loin du froid, loin de la colère, loin du ressenti, loin de tout ce qu'il a aimé, loin de cette haine qui vivait là au creux de ses poings, loin du mal que l'on peut faire avec. Loin des bombes et des cris d'enfants, loin des faibles et des plus forts, loin de la raison et de son cortège de folie.

Dehors la nuit frottait ses paupières comme un enfant fatigué. Il n'avait pas bougé et commençait à être sérieusement défoncé. Il regardait entre ses deux doigts fumer son histoire et monter dans la fumée blanche les méandres de sa vie. Cette fumée qui elle ne l'avait jamais quitté depuis l'âge de douze ans, depuis qu'il avait compris qu'il était seul. Il se revoyait dans une de ses fugues nocturnes allonger son petit corps dans l'herbe sa bouteille d'éther à la main. Il se sentait s'enfoncer dans la terre. Sa tête tournait, le monde tournait enfin rond et lui avec. Depuis il n'avait jamais arrêté de tourner. Il passerait cette vie à trois mètres au-dessus de son corps et plus rien ne pourrait l'atteindre. De là il pourrait mieux comprendre, mieux juger ses propres faiblesses et celles des autres autour de lui. Comprendre ne veut pas dire mieux vivre, la raison ne fait pas le bonheur, mais comprendre permet à l'esprit de se débarrasser de ses habits de victime. Il se verra comme les autres mentir, tromper, abandonner. Il se verra vil, lâche et faible, il se verra frapper, détruire et tuer. Il n'était pas victime de cette vie, il en faisait partie. Il n'était meilleur ni pire, il était ailleurs. Cet œil sur lui était le sien et ce corps sous lui était comme et à tout le monde. Son sourire deviendrait la branche politique du maquis spirituel de Joseph, affûtant la vérité comme force de frappe ultime frappant de ses rayons quiconque chercherait à lui faire croire qu'il n'était pas seul. Il serait tout à la fois Dieu, Abel et Caïn, sans jamais avoir à choisir pour l'un des trois. Leur dialogue devint la base de départ d'où Joseph pouvait s'aventurer dans ce monde. De ce corps astral seules les femmes surent le faire descendre, brouillant ses pistes de leur incohérente fraîcheur, l'abusant à chaque fois de la simplicité de leur attente. Rien ne l'épatait plus que ces êtres entiers que l'on apprivoise d'un sourire, d'une gentillesse, d'un cadeau. Que l'on rassure d'un geste ou d'un mot, ou que l'on effraie d'un regard. Quoi de plus déstabilisant pour une armée sur pied que le monde des femmes, monde de caresses, monde d'espoir et d'illusion. Pourtant Cheveux Blancs ne faisait pas partie de ce monde-là. C'est pour ça qu'il n'avait rien compris. Il avait abordé le personnage sans voir qu'il était bardé d'outils guerriers. Sa bêtise fut de vouloir la paix dans une guerre qui n'était pas la sienne. À force de se sentir seul on oublie que les autres le sont aussi. Cheveux Blancs tout comme lui ne savait que se battre, détruire et ne pas oublier. Cheveux Blancs ne demanderait jamais la trêve. L'ennemi c'est Joseph, et ce pour toujours.

Trois mètres au-dessus de son corps il sentit quand même que son bide gargouillait sérieux de n'être rempli que de café, de bière et de médicaments. Il redescendit et eut le courage de se faire chauffer une boîte de raviolis. Finalement ces fréquentes nausées avaient au moins l'intérêt de le faire manger pour noyer le poisson. Il mangeait en regardant les fenêtres de la maison s'allumer puis s'éteindre au gré des déplacements des occupants. Joseph remarquait qu'il n'avait vu ni de voiture ni d'homme depuis qu'il était là. Cette femme hier contre son mur n'attendait rien. Il se demandait d'ailleurs comment elle avait pu dégager tout ça à cette distance alors qu'il n'avait même pas vu ses yeux. Il avait lu quelque part que le bonheur s'acquiert le jour où l'on n'attend plus rien. Que la philosophie se pénètre une fois débarrassé du désir. Cette femme était peut-être heureuse.

Dehors les chauves-souris commençaient à sortir sous la lune, dans le ciel bleu-gris qu'un vent tiède nettoyait de ses nuages. Le niveau du fleuve baissait doucement et sa masse toujours conséquente défilait lourdement. Joseph se mit une bougie et resta là à penser aux femmes. À se demander pourquoi il pleurait tant pour ce monde perdu alors que quand il vivait encore il n'en avait rien fait. À se demander pourquoi il aimait tant Cheveux Blancs alors qu'il n'avait fait que fabriquer sa haine chaque jour un peu plus. À se dire que toutes les autres l'avaient vraiment aimé, toutes les autres sauf elle. Sauf celle qu'il aime. Toute cette histoire était à l'image de sa vie, cette vie où Joseph avait tout ce qu'il désirait sauf ce qu'il voulait vraiment. Un vie au goût de dépit, aux fruits d'amertume. Une vie sans valeur véritable passée dans l'attente d'autre chose. Une vie passée entre bras d'honneur et désespoir. Entre la peur et le panache, l'échec et la victoire. Une vie de rigolade sous la torture et de larmes dans la fête. Un tiers de sa vie venait de se passer dans la mort. Depuis dix ans il n'avait touché de flamme qui ne lui ait givré le sang, il n'avait eu d'eau fraîche sans que bouille son âme.

Joseph est resté là un bon moment à se dire pourquoi penser, ruminer encore toute cette histoire de merde. Après tout il vivait encore. Pourquoi se badigeonner l'esprit de toutes ces choses sur lesquelles il n'avait aucun pouvoir. Pourquoi vivre dans la mort alors que son corps bouge, respire, pleure et bande encore. Il regardait ses doigts rouler un joint, en mit un dans son nez pour ensuite goûter goulûment. Pas de doute ce corps était encore là, il avait même du goût. Joseph prit dans le tiroir de la table un petit miroir. Il se regarda longuement. Comment était-ce possible. Comment ce corps avait-il pu se défendre tout seul pendant des années, abandonné qu'il était par son esprit mortifié.

Comment Joseph avait-il pu garder sa petite gueule d'ange et cette bonne mine insolente. Comment ce corps pouvait-il si peu ressembler à ce qu'il annonçait. Ce maudit corps n'avait pas l'air de flipper plus que ça. Ce maudit corps était même en train de sourire et regardait Joseph droit dans les yeux. Tu vas crever connard, lui dit Joseph. L'autre souriait toujours avec ses griffures et son œil encore noir. T'es un homme mort, lui dit Joseph. Devant cette tronche d'abruti il finit par rigoler carrément. Non, bordel, il ne ressemblait pas à un homme mort. Il en avait trouvé un une fois dans l'eau, juste devant son bateau. Le mec avait dû tremper pas mal avant d'arriver là. Il était énorme, tout gonflé d'eau. Son visage avait disparu et son nez n'était même plus proéminent. Il perdait la peau de son crâne et tout son corps était bleu, d'un bleu pas vraiment touareg. Pour Joseph c'était devenu le bleu de la mort. Il se regardait dans le miroir. Non, bordel, il n'était pas bleu.

Il n'était même pas maigre. Rien de la Bataille Silencieuse en lui ne pouvait se lire sur ce visage qui continuait à sourire. Ce corps était vraiment son meilleur copain. Prévenant et discret il évitait à Joseph les manifestations de la Bataille afin que Joseph l'oublie un peu. Finalement ce corps était plus fort que lui.

Il prit le Caméscope et le mit sur sa casserole dans l'évier. Il alluma cinq ou six bougies et appuya sur le bouton.

– Mon corps connaît le mystère de la vie pour l'avoir vécu. Mon corps fait partie de la vie. Mon corps connaît ses ennemis, ils sont du même monde. Mon corps n'a pas peur. Il vit sa vie. La mort fait partie de cette vie. Mon corps va m'apprendre la mort. Jusqu'à la fin il me tiendra la main. Tel un père ou un grand frère protecteur il sera là dans toutes les épreuves sans jamais faillir. Il ira même jusqu'à mourir avec moi. Il me taira ses douleurs pour ne laisser que le vent sur ma peau, son chant dans les oreilles, le soleil dans mes yeux. Ce corps est mon ami. Mille fois ses mains parlèrent pour mon cœur sur la peau des femmes. Mille fois ces mains luttèrent sur le papier, sur la toile. Ces mains façonnèrent des mondes entiers, caressant les couleurs se jouant des formes. Ce corps m'a appris à rire, jouir et courir. Ce corps de la même manière va m'apprendre à souffrir, à mourir. M'apprendre qu'un futur peut se conjuguer au passé. Que je ne suis plus seul, que d'ici il partira avec moi. Ce corps est prêt à mourir pour moi. Je n'ai jamais été seul. Il était là au début de mon histoire, il m'a accompagné jusque dans le corps des femmes, il mit toute son ardeur à mes fantasmes pour ensuite si bien me raconter ses sensations, sans jamais rien oublier. Ce corps m'a appris combien l'eau pouvait désaltérer, combien le feu pouvait réchauffer, combien la fumée était douce à ses poumons. Ce corps que l'on peut chercher soi-même de ses mains dans le noir, ce corps que l'on secoue et qui gentiment nous crache dans la main.

Il eut un silence puis reprit.

– Tout ça c'est de la couille. Du baratin. Tu sais Cheveux Blancs, je voudrais mourir de suite, là maintenant. Peut-être alors auras-tu enfin un peu d'indulgence, peut-être est-ce là le seul moyen de faire naître un peu de tendresse en toi pour moi. Tu ne peux me haïr à ce point, souhaiter ma mort. Tu ne pourras, apprenant cette nouvelle, tu ne pourras rire et danser. Tu ne pourras y prendre plaisir, je ne t'en crois pas capable. Alors pourras-tu peut-être pour la première fois comprendre les pleurs, comprendre les cris, comprendre la peur, comprendre la guerre que j'ai livrée. Je sais que tu ne pleureras pas et ce n'est pas ce que j'attends. Je sais que tu ne regretteras rien. Mais il faut que tu saches, Cheveux Blancs, que ce jour-là mon âme entière remplira le monde et je serai là dans l'herbe où tu te couches, je serai dans l'air qui rentre dans ta bouche, dans chaque son, chaque lumière, je serai là dans le bleu de la nuit qui tombe, ce bleu que tu aimes tant, je serai là dans les mains de chaque homme qui touchera ta peau, dans chaque mot d'amour à tes oreilles, je pourrai enfin vivre là sur le petit creux de tes tempes. Tu sais Cheveux Blancs, cet amour si fort que j'ai pour toi ne mourra pas avec moi. Si tant est que les âmes existent, la mienne te sera fidèle, à la droite de Dieu. Je pourrai enfin veiller sur toi, te regarder vivre, te regarder rire, sentir ton haleine, écouter ta voix. Plus rien ne pourra me séparer de toi. Pas même ton mépris, pas même ta peur, pas même ta haine. Je ne souffrirai plus de ce non-regard que tu posais sur moi. Je ne t'en voudrai plus de ne pas chercher à savoir combien cet homme avait souffert pour arriver jusqu'à toi, un masque de vie sur sa mort. Je ne te reprocherai plus d'avoir voulu toucher ce feu pour te plaindre de sa brûlure, d'avoir caressé la glace pour s'étonner de sa morsure. Nous serons libres tous les deux. Je pourrai enfin t'aimer et toi tu cesseras de me haïr.

Le Caméscope s'éteignit de lui-même alors que les bougies arrivaient à leur fin. Joseph est resté dans le noir de son silence pendant des heures entières qu'il n'a pas comptées. Dehors la nuit était silencieuse et le vent ne ventait plus, le fleuve ne grondait plus, les chemins ne sinuaient plus, les oiseaux ne chantaient plus, les hommes ne vivaient plus, les salauds ne salopaient plus, les amants n'aimaient plus, les maladies ne faisaient plus mal, les clous ne se tordaient plus, la viande n'était plus rouge, le sang n'était plus bleu. Dehors la lune ne se décrochait plus, les marais ne se marraient plus, les miroirs n'avaient plus d'alouettes, l'argent ne faisait plus le bonheur, les vingt ans ne faisaient plus le printemps, les plaies lâchaient leurs couteaux, les bâts ne blessaient plus. La terre ne tournait plus. Dehors le monde était immonde.

Dehors dans le néant seule la haine de deux femmes rayonnait sur Joseph.

Le dehors avait fini par l'envelopper tout entier quand il s'endormit ivre d'alcool, écœuré de médecines et assommé par le shit.

Édith Piaf était là qui le fit sursauter. Elle était apparue d'une douleur comme d'autres sortent d'une rose ou d'un chou. Elle campait dru son petit corps d'oiseau et regardait Joseph en souriant. Son ombre n'était pas la sienne et il reconnut celle de Cheveux Blancs. Édith marchait dessus et tirait Joseph par la main. Viens, dit-elle, j'ai envie de faire un tour. Et ils marchèrent sur les remparts de ce vieux château de

Villeneuve-lès-Avignon où Joseph avait enfant, cherché des heures le fameux trésor, parce qu'il n'y avait pas de château sans trésor. En effet, lui dit-elle. Et moi je sais où il est. Joseph fut pris d'un immense orgasme, une sensation inconnue jusqu'alors. Tous ses membres fourmillaient de joie pendant que des petits oiseaux sortaient de son nez. L'air sentait comme la peau des femmes, battu par la queue du chien noir enfin de retour qui lui souriait en pétant du jazz. Joseph était si heureux qu'il se mit à chanter. Il hurlait à tue-tête des trucs du genre la vie n'est pas si moche que ça, Édith et moi nous nous marierons. Je peindrai comme elle chante, elle chantera comme je peins. Je respirerai comme elle marche, elle dansera comme je pleure, je volerai comme elle sourit, elle sera forte comme j'ai mal. Et ce trésor où est-il, en quoi consiste-t-il? Le trésor c'est que tu m'aimes, répondit Édith. Viens nous ferons l'amour sans capote. N'en as-tu pas envie? À cet instant précis le visage d'Édith se transforma. Son sourire devint monstrueux, la pétille dans ses yeux s'injecta de sang. Ses mains devinrent gluantes quand les yeux révulsés elle voulut de sa bouche cariée embrasser Joseph en crachant son haleine de cadavre. Joseph sentit un gouffre l'envelopper et son cœur monter dans sa bouche. Il ouvrit les yeux pour se rendre compte à quel point il avait mal à la tête. Un géant invisible et zélé avait pris son estomac pour un punching-ball. Une ultime contraction et Joseph crut que tout était fini, qu'il allait mourir là, qu'on ne peut survivre à une telle douleur. Joseph se dit après tout j'ai flippé pendant dix ans pour rien. C'est juste ça de mourir. Ça fait tellement mal qu'on sent plus rien. Alors Joseph se mit à vomir. À vomir une vie entière par la bouche et les trous de nez. Des fleuves de bile pleine de grumeaux, d'avatars et de dérapages. Ses yeux lui sortaient de la tête, sa pensée se brûlait dans la migraine alors que dans son corps chaque muscle chaque tendon paraissait comme stimulé par un courant électrique au point de se tendre, se tendre comme un frein, un frein rongé de partout mais qui ne veut pas lâcher le morceau. Il fut pris d'un rideau rouge et s'endormit comme d'autres passent de vie à trépas.

Sixième jour.
Joseph ouvrit les yeux. Dehors la lumière était plus crue que jamais. Il faisait un temps de saison. Les giboulées sont l'enfance du temps, facétieux il explore le bon comme le mauvais, réveillant la nature. Joseph mit la main sur son visage et se reconnut tout de suite. Joseph, Joseph de merde, l'enfant perdu sur son parking, qui las de pleurer découvre la haine. Joseph le mort qui parle et qui fait chier. Mais ce matin c'était différent. Ils étaient tous là, les Joseph de sa vie, un petit sourire moqueur au coin des lèvres, un petit sourire de glace. Ils regardaient Joseph en se regardant eux-mêmes, se provoquant du regard en battant des bras comme des petits cons de banlieue. Il y en avait des piteux et d'autres flamboyants, mais on lisait à tous derrière leur bouche cousue un monde intérieur sourd et tourmenté. Au milieu des autres un Joseph qui avait les cheveux longs et une grosse plaie sur le côté, avançait sa maigreur. Il ouvrit une seule fois la bouche et tout une phrase en sortit.

— Tu as trente-trois ans, Ducon. C'est aujourd'hui.

Alors tous ils explosèrent, laissant du sang partout dans la tête de Joseph. C'est ça, barrez-vous bande d'enculés. Vous me laissez chaque matin votre ménage à faire, vos échecs, vos combats à nettoyer. Vous êtes chaque jour un peu plus, augmentant la charge. Je ne puis plus épancher ce sang, recoudre ces plaies, reconnaître les membres épars. Je vous hais tous. Je voudrais voir les Joseph de demain venir me raconter leurs campagnes, leurs batailles et surtout leurs victoires. Qu'ils me disent c'est grâce à toi Joseph, tu nous as ouvert la voie. Barrez-vous je ne vous connais plus. Vous êtes morts et enterrés. Vous ne vendez que deuil et dépit. Pourquoi serais-je votre ami. Pourquoi encore m'attacher à vous. C'est vous qui allez mourir, c'est vous qui avez souffert, c'est vous qui avez tué Cheveux Noirs, c'est vous qui pleurez Cheveux Blancs et c'est vous qu'elle hait. C'est vous qui vivez ici, moi je ne fais que passer. J'ai deux maisons, mon bateau et le chemin que je fais avec. J'ai survécu à l'hiver et à son dernier cadeau, la crue. Barrez-vous. Dans quelques jours je partirai d'ici et vous pouvez être sûrs que je vous laisserai derrière moi.

À quelques kilomètres de là sur une petite route longeant la rivière une femme aux cheveux noirs roule dans sa petite voiture. Elle sait qu'il est là pas loin. Elle le sent. Ce matin en aboyant à travers sa porte sans même l'ouvrir, un connard d'éclusier lui avait confirmé qu'il était bien dans ce bief. Ce n'était plus qu'une question d'heures. Il était là tout près. Elle serrait son volant alors que son cœur battait plus fort.

Elle ne doutait pas d'y arriver. Elle n'a jamais fait ça, peu importe elle y arrivera. Elle n'aura qu'à sortir son flingue, se laisser emporter par la haine, elle n'aura qu'à fermer les yeux et appuyer du doigt. Alors enfin elle sera libre. Ce n'est plus qu'une question d'heures. Après, elle et son enfant partiront. Son fils, le seul bout de sa chair et de son sang que Joseph n'ait pas souillé.

Comme toujours après les crises Joseph était étonné de ne plus avoir mal à la tête. Il restait là allongé avec tous ses muscles qui lui faisaient mal. Il sentit son ventre hurler, se soulever, l'envelopper dans sa nausée. Il eut mal comme jamais et réussit à éjecter un peu de bile jaune pétard. Après ça Joseph se rallongea, déjà épuisé par son réveil. Il allumait une cigarette pour que sa bouche change de goût et restait là à reprendre son souffle. Une nuit de plus dans la mort, un jour de plus dans cette vie, c'était bien lui Joseph le survivant, Joseph le sursis ambulant, Joseph qui n'en finit plus de ne pas crever vraiment, Joseph la guerre de cent ans, Joseph le gardien de la Bataille Silencieuse.

Joseph de merde.

Plein le cul de toutes ces conneries, se dit-il. Avait-il vraiment envie de crever dans ce trou. La douleur au bide n'était pas de cette peur diffuse qui accompagnait Joseph depuis des années. Cette douleur au bide n'était pas faite de poésie, de lignes et de couleurs. Il ne pouvait pas se venger d'elle comme il se vengeait de la vie. Fini de rigoler. Cette douleur au bide était bien plus réelle que tous les fantasmes que la mort ait pu lui susciter. Il était venu jusqu'ici pour chercher quelque chose et il l'avait trouvé. Une rationalisation de sa peur. Une mort qu'il pouvait enfin toucher du doigt. Elle était là pointant sa sale gueule, tapie au creux de cette douleur. Elle était là. Il le sentait en lui. Il l'avait enfin débusquée. Elle lui prouverait chaque jour qu'il n'était pas fou, que tout ça existait vraiment, que sa guerre était réelle. Il aurait enfin un ennemi véritable autre que lui-même. Il était temps d'arrêter de perdre son temps. Il était temps de briser les chaînes, de laisser là les boulets, d'abandonner les peurs, les culpabilités, de jeter à terre ce monde entier sur ses épaules. N'était-il pas lui-même gardien de sa prison, procureur de sa douleur, n'avait-il pas serré dans sa main le manche du couteau de ses plaies, ne s'était-il pas infligé lui-même bien plus qu'il n'en aurait jamais supporté d'autrui. Allait-il plus longtemps refuser d'accepter ces évidences, que Cheveux Blancs jamais ne l'aimerait, qu'il ne sauvera jamais la vie de Cheveux Noirs.

Il était temps pour lui de se retrouver, récupérer la seule chose qui le différenciait d'un pauvre type, cette mécanique instinctive qui comme un antidote de sa nature faisait bourgeonner ses mains, fleurir les mots et ouvrir les yeux des gens comme autant de fleurs étonnées. Joseph était riche de ce réflexe qui fait que chaque sentiment a une image, chaque mot a une musique. Joseph avait même la chance que la société ait prévu une place pour lui, Joseph était un Artiste.

Seuls les hommes font de l'Art, se dit-il. Pourquoi perdre plus de temps à espérer autre chose de cette vie, que l'Art pied de nez de l'esprit matérialisé face au néant, l'absolu. Sur cette planète où tout meurt un jour, l'Art résiste. L'Art aboie encore quand le monde trépasse. L'Art ne sert à rien, mais laisse des traces. L'Art se fout du bien comme du mal, l'Art se vit mais ne meurt jamais.

Oui, il était temps de comme toujours prendre ses haines, ses peines et ses regrets, et d'en faire quelque chose de beau. Il était temps d'arrêter de se charger, de se libérer de son fardeau de doute, de douleur et de dépit. Il avait payé lourdement sa dette envers ses erreurs et de toutes ces années il n'avait eu de repos. Souffrir encore n'effacerait rien de plus. Qui d'autre que lui-même l'obligeait à continuer de se flageller le remords. Il s'était jugé et condamné lui-même, il était temps de se libérer sur parole, se réinsérer dans le monde des vivants. Il s'était pris pour un ange pendant des années, un ange victime du doigt de Dieu pointé sur lui. Il savait aujourd'hui qu'il n'était qu'un coupable de plus dans ce monde de peur, d'abandon et de lâcheté. Sa vie n'était un drame qu'à l'image de tous les autres, ni plus ni moins. Il n'était ni pire ni meilleur. Il fallait qu'il se pardonne, qu'il accepte que rien ne se paye même si rien ne s'efface. Ce monde était farci d'enculés qui eux ne se prenaient pas la tête. Joseph n'était qu'un petit enculé de plus. Dieu l'avait fait à son image, il n'était ni pire ni meilleur. Ni meilleur sauf peut-être un pinceau dans la main ou le cœur sur du papier. Il était riche de ce qui manquait aux autres, tous ces artistes chébrans à la mords-moi le nœud. Il avait une histoire, il avait sa vie entière, ce bagage monstrueux. Il avait gardé une trace de chaque détour, une pierre pour chaque douleur, une pierre pour chaque errance, une pierre pour chaque défaite, une pierre pour chaque Bataille, une pierre pour chaque Silence. Ces pierres étaient tout un monde, une masse énorme. Ces pierres lui obéiraient. À chaque instant elles lui délivreront leur savoir. Il était riche à millions de toutes les pierres de sa vie. Il était tout à la fois le paveur et le maçon du rêve de l'autre jour. Il construirait dans le mouvement un bateau de pierre pour glisser dans le désert. Enfin, il avait ce qui manquait à ces branleurs, ces rats de vernissages, il avait la rage, la rage de dire. Qu'importe le média. Il les laissera sur place à s'empêtrer dans leurs réflexions sur le style et la couleur, il les laissera s'étouffer dans le carcan de leurs références, s'enfoncer dans le terre à terre de leurs critiques, il les laissera sortir de leur poche, comme des avares petit à petit, cette reconnaissance que d'autres leur extirpent, il se vautrera dans leurs compliments comme un chien dans la merde. Il ne parlera ni aux hommes ni à Dieu, il ira parler au père de Dieu.

Demain je me barre d'ici, se dit-il. Je vais sortir de cette mort, retrouver le pays de ma vie, le pays des femmes, et j'y enfouirai mes blessures. Je ne serai pas plus beau ni moins coupable, je n'aurai pas moins mal ni plus d'espoir mais ai-je déjà eu tout ça. Demain je me barre d'ici, demain je retrouve Joseph dans ce qu'il a de meilleur. Demain de cette Bataille Silencieuse, je ferai grand bruit. Et ce bruit couvrira mes larmes, et ce bruit couvrira mes peines, et ce bruit couvrira tout, même le bruit de la charrette de l'Ankou.

Alors comme pour lui montrer que rien ne serait facile il se remit à vomir une bile épaisse qui lui sortait par les naseaux. En dix secondes son corps fut couvert de sueur et il eut alors très froid. Il se replongea dans ses draps et se rendormit.

Quand il se réveilla la nuit n'était pas encore tombée. Il se sentait plutôt bien, étonnamment bien. Il avait même faim. Il finit par se redresser sur son lit et constater qu'il n'avait ni nausées ni mal au crâne. Il avait l'esprit clair comme jamais. Comme s'il avait gerbé ce matin vingt ans d'alcool et de toxicomanie. Il n'était plus à trois mètres au-dessus de son corps, il était dedans, bien dedans. Il avait une patate d'enfer et son ventre gargouillait joyeusement. Je vais quand même pas rester dans cet état-là, se dit-il en roulant un pétard avant d'aller le fumer sur son seau. Il est resté un bon moment à chier gaiement, se laissant asperger les fesses par la flotte du fond du seau. Petit à petit la fumée montait dans sa tête et quand enfin elle en prit possession, il se reconnut. C'était bien lui, c'était bien Joseph, l'homme qui fume des joints dans sa merde. Joseph rigolait tout seul dans le blouc-blouc de ses ébats. C'était décidé, il rentrerait à Paris. Il s'achètera un kilo de shit, un coussin pour son seau, et rien ne pourra lui arriver. Alors il conclut d'un pet victorieux qui bizarrement sentait l'huile d'olive. Il se fit un café et eut envie d'aller le boire dehors, sur le pont. Il sortit de là comme un bagnard qui aurait oublié l'existence du dehors. Il fut surpris de cette lumière, tout cet air autour de lui, ces bruits, cette vie, cette énergie dans le vol des mésanges et la sensualité du vent. Dehors il existait même un monde sans pluie. Comment avait-il pu l'oublier. Combien de temps encore allait-il se laisser dans la mort, au plein milieu de ce monde de vie. Il était là, le cul sur un coffre à cordages et regardait autour de lui. L'eau était méchamment descendue mais n'avait toujours pas regagné son lit. Demain à la première heure il pourra partir. En attendant il fallait remettre le bourin en état. Il finit son café et descendit dans la salle des machines. Joseph adorait cet endroit qui empestait le gas-oil. Le vieux Baudouin trônait là dans sa graisse luisante entouré de ses cuves rivetées, à son cul une énorme couronne de blocs-cylindres. Partout des pompes, des tuyaux, des courroies. C'était un univers sale, bruyant et agressif mais Joseph s'y sentait bien. Il avait l'impression d'habiter une sculpture de Tinguely. Il changeait le filtre à gas-oil et purgeait les injecteurs, il vérifiait la pompe à eau et mit en marche pour vérifier la pression d'huile. Tout allait bien. Ce vieux Marcel était bien son meilleur copain. Il éteignit le moteur, fit tourner le groupe électrogène et sortit de là. Dehors la nuit tombait. Il est resté un moment à regarder le bateau allumé de l'intérieur et le reflet des lampes sur les branches des arbres. Puis il est rentré pour se faire une boîte de cassoulet. Son banquet fini, il entreprit de faire du ménage dans l'atelier ravagé. Au bout d'une demi-heure ça commençait à ressembler à quelque chose. Il finit par s'asseoir sur le plancher de cette grande pièce sans meubles et se rouler un joint. À l'autre bout la grande toile du fond semblait se réveiller et déjà tentait Joseph de ses courbes, de ses couleurs, du pouvoir qu'il avait sur elles. Dans sa tête revinrent les voix de l'équipe des rouges, l'équipe des bleus, l'équipe des noirs, des marrons, toutes ces grandes gueules qui critiquent chaque touche de peinture qui ne soit pas de sa couleur. Il retrouvait même l'équipe du vert qui pestait contre le boycott dont elle fut toujours victime dans la peinture de Joseph. Il était là par terre comme récupérant sa peau dans ce retour de complicité avec son Art. Il retrouvait Joseph le combattant et son étendard de beauté qu'il tient des deux mains face à l'horreur de la mort.

Il en était là quand le groupe s'éteignit, laissant entrer la lune. Dans le noir il est resté longtemps à jubiler en pensant à quelle galerie il allait choisir pour la prochaine expo. Celle qui les tuera tous sur place. Il y peindra son corps avec toute sa douleur, il y peindra son âme avec tout son enfer, il y peindra les femmes et leurs poisons, il y peindra les couteaux, les plaies, les échecs et surtout sa victoire de chaque instant, il y peindra sa respiration, son geste et son combat. Il rigolait d'ici en pensant à tous ces abrutis, un verre de mauvais vin en main, faire le tour de ses tableaux avant d'immanquablement lui dire : C'est beau, mais c'est triste. Eh oui, se dit Joseph, et on ne sait pas si c'est plus beau que triste, ou si c'est triste autant que c'est beau. Alors les femmes, d'un regard discret qui traverse toute la galerie, s'accrocheront à ma beauté en voulant y percer ma tristesse, elles feront flamber mon auréole comme un soleil au-dessus de ma tête. Elles viendront y chauffer leur peau, la bouche en avant, du rose sur les joues. Elles me feront rempart de leur corps, me protégeant de tout, même de la pluie. Je serai alors la plus belle camarde que l'on ait jamais vue, une camarde aux habits de vie, un ange aux ailes de chauve-souris. Je serai beau, autant que je suis triste.

Joseph était remonté à bloc. Pourquoi attendre plus. Il sortit comme un diable de sa boîte pour aller remettre de l'essence dans le groupe électrogène, qu'il démarra d'un geste ample et rageur en poussant un cri de victoire style Rahan le communiste avec son étendard à la bite et au couteau. La lumière fut et la lumière sera, dit-il en courant sur les plats-bords, je serai en feu et ma lumière forcera les paupières du monde, ira gratter l'iris de Dieu. Qu'on m'attende au tournant, moi c'est tout droit que je vais, et pas par quatre chemins. Entendez-vous dans vos campagnes, mugir le féroce Baudouin ! Debout les damnés de la tête ! Du passé faisons table mise, mangeons la vie tant qu'elle est chaude !

Il plongeait dans l'atelier. Je suis libre, hurlait-il, je suis libre de moi ! Il se saisit d'un des énormes rouleaux de kraft, d'une agrafeuse et fit le tour de la pièce, la tapissant du papier marron. Il recouvrit même la grande toile du fond. Au milieu de la pièce il mit deux pots d'un kilo de noir et de blanc. Il était là à reprendre son souffle, dans chaque main un pinceau de tapissier genre balai à chiottes. Son cœur battait à ses oreilles. Oui je suis libre, se dit-il, je lève l'écrou, je suis libre de ce noir, je suis libre de ce blanc. Je suis libre de ma mémoire et riche de ses enseignements.

Alors Joseph s'est rué sur le kraft à grandes enjambées, peignant partout en même temps un visage pour chaque sentiment, un corps nu pour chaque douleur, une pierre pour chaque erreur. Il martelait le papier d'un rythme frénétique, faisant gicler la peinture jusque sur sa gueule. Il jubilait dans cette danse et semblait retrouver là, au creux de ses deux mains son partenaire de toujours, Joseph. Ce vieux Joseph est de retour. Il était là devant lui à ne douter de rien, réclamant une chance de plus. Il n'était pas moins coupable, mais qu'y pouvait-il.

Ils dansèrent pendant des heures jusqu'à ce que tousse le groupe et tombe la lumière. Coupé dans ses élans il s'est aperçu qu'il était très fatigué. Il est resté assis par terre à fumer des joints, laissant s'agrandir ses pupilles dans le noir où s'accrochent les taches de blanc, redessinant les yeux les corps et les visages sur les murs, dans un nouveau dialogue avec la lumière lunaire. Il se levait pour prendre une bouteille et retournait s'asseoir au milieu de ses peurs, ses combats, ses forces, sa vie. Il était de bonne humeur et le rhum lui chauffait la tête. Bien sûr il aurait aimé que Cheveux Blancs voie ça, qu'elle sache au moins de qui elle avait peur et pourquoi il serait toujours le plus fort, même des larmes plein les yeux. Joseph ne savait ni vivre ni aimer, mais il savait peindre et surtout ne pas mentir. De ce manque de Cheveux Blancs il extrairait une âme, goutte à goutte une vie nouvelle. Une vie sans Elle. Ça, ça pouvait se faire. C'était bien plus facile que d'oublier le mal fait à Cheveux Noirs.

Joseph voyageait dans les traboules de sa tête et anticipait son retour à la capitale. Il revoyait tous ces gens qui croient que l'amitié c'est simple comme un coup de fil. On se parle sans se toucher des mots sans visages, on se dit On se rappelle, et on s'oublie. Mais Joseph n'avait pas le téléphone. Alors Joseph n'avait pas d'amis. Mais était-il lui-même l'ami de quelqu'un, se disait-il pour ne pas en souffrir. Avait-il su être l'ami de Cheveux Blancs, l'ami de Cheveux Noirs ? Avait-il su être son propre ami ? Avait-il su être un frère pour son frère, un fils pour son père ? N'était-ce pas à lui-même qu'il en voulait le plus, pas foutu de donner aux autres ce qu'il attend d'eux. Et puis quels autres, se dit-il, là-bas ou ailleurs personne ne m'attend.

La boucle était bouclée dans cette réflexion de Joseph, et il s'endormit ivre mort sans plus faire attention aux mouvements du bateau, au vent dehors, et à ce maudit jour de plus qui pointait sa fraise. Cheveux Blancs était là devant lui. Il aurait voulu bouger mais il ne pouvait pas. Elle le regardait en tenant dans sa main une longue brochette à manche de bois. Il s'aperçut qu'il était couvert de poils blancs. En secouant sa tête il se sentit le poids de longues oreilles ridicules. J'aime pas les mecs qui ont la mixomatose, dit-elle. Tu confonds tout, c'est pas la mixomatose mais la toxoplasmose. Un genre de champignon qui te bouffe la tête, dit Joseph. Cheveux Blancs riait méchamment, ha ! ha ! ha ! j'ai donc de la concurrence ! Elle plantait son dard dans le bras de Joseph et le sang se mit à couler rouge sur la fourrure blanche. Ne fais pas ça, hurlait Joseph, mon sang n'a plus de plaquettes, ces plaies saigneront jusqu'à ma mort. C'est ce que je veux, dit-elle, c'est ce que je veux. Je voudrais que tu te noies dans ton sang de merde qui m'a fait si peur. Alors elle prit sa brochette à deux mains et la lui planta dans l'œil.

Septième jour.

Le septième jour, pour ses loisirs, Dieu inventa la galère. Et puis comme s'il n'avait vraiment rien d'autre à foutre, il se dit qu'il allait la remplir de malchance, de douleur et de solitude. Il y en a même qui disent que ce jour-là il portait des cornes.

Joseph se réveillait en sursaut. Il avait vraiment mal au crâne et le soleil qu'il paraissait faire dehors lui fit mal aux yeux. Il est resté un bon moment allongé sur le plancher à se dire putain cette vie de merde est sans fin. Est-ce un jour de plus pour la vie ou un jour de moins vers la mort. Peu importe, il était Joseph pour un jour de plus. Joseph, Joseph de merde.

Il regardait autour de lui. Sur le kraft les personnages de la nuit lui firent un peu plaisir. Ils semblaient tous le regarder, alors il se sentit un peu moins seul. Puis Joseph fut pris d'un mauvais pressentiment. Quelque chose n'allait pas mais Joseph ne savait quoi. Il finit par se redresser, lentement, très lentement, pour pas se faire péter une veine dans le tambour qu'il avait à la place de la tête. Le bateau ne bougeait pas. Oui, tiens, c'est vrai, se dit-il. Il fit plus attention et alors il eut très peur. Le bateau ne bougeait plus. Le bateau ne bougeait plus du tout. Il se mit debout pour le regretter, tant sa tête lui brûlait jusqu'à la pensée. Il gravit l'escalier à moitié à quatre pattes et le soleil l'accueillit comme une énorme boule de feu. Il était là titubant sur le pont du bateau essayant d'habituer ses yeux. Ce qu'il vit alors lui coupa le souffle. L'eau s'était retirée. L'eau était partie, mais pas le bateau. Le bateau restait là, posé bien à plat, à trois mètres de la rivière dans un océan de boue.

Joseph ne vit rien venir, puis ne vit plus rien du tout.

Sur la rive d'en face on vit arriver une voiture. Une petite voiture rouge qui descendait le chemin de la maison. La femme et ses enfants étaient déjà dehors, debout immobiles à regarder en face. À regarder ce mec allongé sur son bateau qui twistait frénétiquement des bras et des jambes en se tapant la tête sur la tôle. Peut-être avait-il besoin d'aide, se dirent-ils. Mais comment faire sans barque. Le temps qu'on fasse le tour il sera crevé dix fois. Alors ils restaient là. Cheveux Noirs descendit de voiture et vint les rejoindre. Elle découvrit le tableau là-bas de ce bateau échoué dans la boue portant sur son dos une espèce d'araignée convulsive. Il était là. De l'autre côté du fleuve, dans ce paysage de sacs en plastique qui pendaient des branches, dans ce méandre désolé partout du bois cassé, des arbres entiers et même des poteaux télégraphiques. Cheveux Noirs s'était inventé mille scénarios sauf celui-ci. Elle pensait le surprendre un matin avec son sourire attaché à sa tartine, regardant langoureusement une superbe pétasse. Elle les aurait cueillis tous les deux. Elle s'était vue dix fois tirant sur Joseph une balle dans chaque genou, pour commencer. Elle avait pensé les pires sévices, les pires outrages, et s'était juré de lui plomber son cœur, son petit cœur d'enculé. Elle pensait qu'il serait beau, tellement beau qu'elle aurait la haine. Elle pensait qu'il aurait peur, qu'il se traînerait devant elle. Elle avait déjà construit dans sa tête le regard de Joseph en train de mourir, un regard de supplique, un regard de surprise, comme dans les films.

Alors la mère et les enfants sont rentrés chez eux. Cheveux Noirs est restée là un long moment jusqu'à ce que Joseph ne bouge plus. Il était en plein soleil, sans connaissance. Il avait l'air de tousser, cracher, jusqu'à ce qu'il se couche sur le côté. Pour un peu il aurait sucé son pouce. Il avait maintenant l'air de dormir sous la caresse du vent.

Cheveux Noirs ne savait plus, vraiment plus ce qu'elle foutait là. Était-ce vraiment cette merde là-bas qui lui avait torturé l'esprit des mois durant, était-ce vraiment là le réceptacle de sa haine, ce cafard baignant dans son jus. Ce pauvre épileptique qui n'était bon qu'à se foutre dans la merde lui-même. Pourquoi donc vouloir le tuer, le soulager de cette vie de merde qu'il s'était construite. Pourquoi lui rendre ce service. Elle était venue lui mettre le nez dans sa vie jusqu'à ce qu'il en crève, mais là elle voyait que ce connard se démerdait bien tout seul.

Cheveux Noirs ne bougeait pas. Ses deux pieds s'enfonçaient un peu plus dans la boue tandis que les oiseaux restaient suspendus, les arbres ne bruissaient plus, et la rivière s'étalait comme une longue pierre luisante qui avait l'air de peser des tonnes. Le vent retenait son souffle et attendait de voir ce qui allait se passer alors que derrière ses carreaux la petite famille en faisait autant.

Cheveux Noirs se sentit soudain très triste et eut envie de pleurer. Elle aurait voulu hurler, lui dire à ce sale con, tu ne gâcheras pas deux fois ma vie. Tu es plus mort que moi. Pour toi tout est fini. Je te laisse à ta souffrance. Je te laisse à ton histoire. Mon fils pourra retrouver sa mère. Te tuer ferait de moi ta sœur de culpabilité, alignerait ma vie à l'image de la tienne. Te tuer serait comme mourir. Mon fils m'attend là-bas, il m'appelle. Ensemble nous partirons. Mon fils fait partie de la vie, et à travers lui moi aussi. Mais toi, regarde-toi. Tu es déjà mort. Tu es mort un beau jour pour toi-même. Mon erreur fut d'avoir eu envie de faire bouger les choses. Je ne te tuerai pas pour ne pas faire deux fois la même erreur.

Sur ce, elle tourna les talons dans un bruit de succion qui en d'autres circonstances aurait pu être comique. Elle monta dans sa voiture, fit demi-tour et disparut.

Joseph ouvrit les yeux. Que faisait-il là ? Et depuis combien de temps ? Il se mit sur son cul et sa tête lui tournait comme jamais. Tout son corps lui faisait mal et il avait les articulations en sang. Il était épuisé et ressemblait à un gros bébé qui avait bien du mal à rester assis. Il s'aperçut alors qu'il était plein de merdes d'oiseaux. Il avait dû dormir un sacré bout de temps. Il regardait autour de lui et redécouvrait le paysage, son bateau comme une île dans un océan de boue. Partout des amas de bois explosé, agglutiné en énormes paquets de merde, du polystyrène égrainé, des centaines de sacs en plastique accrochés aux basses branches des arbres vantant les mérites de Mammouth, Leclerc et Radar. Il avait dans la bouche une espèce de mousse jaunâtre et de son nez coulait un sang pâteux qui avait bien du mal à sécher. Il était trempé et puait le dégueulis. Pour finir il s'était pissé dessus. Il était fatigué comme jamais et mit un bon moment à remettre ses idées en place. L'après-midi finissait quand il réussit à se mettre debout. Il se traînait à l'intérieur en manquant bien se vautrer dans l'escalier. Il eut la force d'enlever sa chemise et son pantalon puis il s'est laissé tomber dans son lit. Il était défoncé comme jamais, alors autant enfoncer le clou, se dit-il en roulant un joint. Il réussit à tirer trois taffes puis il s'endormit comme une pierre.

Cheveux Blancs était là, penchée sur lui. Elle disait enfin je te vois. Tu sais ces années de haine m'ont blessée aussi. Je t'en ai voulu pour ça. Je t'en ai voulu de ma propre haine, de ma propre peur de toi, du doigt que tu as mis sur la futilité de mon amour pour toi. Je t'en ai voulu de me voir telle que je suis et de m'aimer vraiment, je t'en ai voulu d'être l'homme que j'aurais dû aimer. Je t'en ai voulu de tous les souvenirs que j'ai de toi. Je t'en ai voulu, mais tout est fini. Je te laisserai m'aimer et toi tu me laisseras vivre. Je ne te l'ai jamais dit, Joseph, mais je t'aime. Moi aussi, Cheveux Blancs, moi aussi je t'aime.

Joseph se réveillait en sueur alors que dehors la nuit tombait. Il allait beaucoup mieux, bien que sacrément défoncé. Alors lui revint à l'esprit la situation. Comment avait-il pu être aussi con et ne pas penser à accompagner le bateau dans la descente des eaux. Jusqu'à quel point n'avait-il pas fait exprès, histoire de rester dans sa merde. Il avait eu des tas de bonnes résolutions pendant l'euphorie d'hier. Les bonnes résolutions c'est fatigant. N'était-il pas mieux vautré dans sa fange, la luxure de ses larmes. N'était-il pas plus facile de pleurer, de crever, plutôt que de se construire une vie nouvelle. Alors à quel moment se mentait-il ? Quand il voulait partir, s'évader de sa prison, ou quand il feignait de n'avoir pas pensé à un b.a.-ba de la navigation. Pourquoi était-il toujours le premier à brûler ses espoirs. De quoi avait-il le plus peur, souffrir ou bien construire ? Il était lui-même la pire de ses malédictions et s'il a lutté dans cette vie, c'est uniquement pour pouvoir perdre.

Il regardait autour de lui. Le bateau s'était posé bien à plat, c'est pour ça qu'il n'avait rien senti venir. S'il s'était couché hier pour prendre des forces et partir de bon matin, tout ça ne serait pas arrivé. Au lieu de ça il s'était pris pour un artiste en se défonçant la gueule. Il s'était lui-même frimé la tête, il en avait mis partout de son Art à la con. Il était très beau, sensible et intelligent. Il s'était peint mille auréoles, il était magnifique. Il était vraiment un pauvre con.

Il finit par s'habiller et errer dans l'atelier une bouteille à la main. Il avait déjà envie d'y foutre le feu à ces putains de krafts. Sa grande victoire, son retour et sa grande revanche, où étaient-ils aujourd'hui. Il était dans l'échec avant même de s'élancer. Avait-il seulement une chance de sortir de ce merdier.

Il est sorti dans la nuit voir s'il y avait un chemin autour par où pourrait venir un Bull, ou un tracteur, mais il n'y avait que des arbres. Putain, il allait quand même pas attendre la prochaine crue ! Sur l'autre rive rien de solide pour y attacher des câbles et tirer avec des tire-forts. Avec les deux petits vérins hydrauliques qu'il possédait, il avait peu de chance de soulever le bateau d'un côté pour le faire glisser. Mais des gros vérins ça pouvait se trouver. Il faudra creuser sur toute la longueur pour faire une pente dans l'eau. Tant que la boue n'est pas sèche ce sera facile. Il pourra même creuser la terre avec le jet de la motopompe, comme les chercheurs d'or.

Il est resté là une bonne partie de la nuit à manger de la fumée et boire du feu, assis sur le plat-bord les jambes à l'extérieur, il avait l'air d'un môme dont la mère est en retard à la sortie de l'école. Il était là à se demander s'il lui restait encore un bout de queue à force de se la mordre. Il n'était plus question de partir, en tout cas pas tout de suite. Peut-être même jamais. Mais dorénavant il pouvait tomber du bateau sans se noyer. Ça me fait une belle jambe, se dit-il. Le vent nocturne agitait ses sacs en plastique et il entendait les rats courir autour du bateau, récupérant leur terrier en constatant les dégâts. Putain il en avait pour des semaines de ce boulot de titan. Va falloir se réveiller. Arrêter l'alcool et fumer moins de pétards. Ça va être autre chose que de se tripoter le pinceau. Tu voulais ne plus vivre de rêves et de cauchemars, tu voulais du concret, du béton, mange. Tu voulais du dur, du palpable, du qu'on peut aimer, frapper, tuer et détruire. Tu voulais une Bataille qui fasse du bruit, ce bateau te sera comme un gong. Se répandra son cri sur le monde entier, plus loin encore que les oreilles de Cheveux Blancs. Il déplacera cette montagne comme toutes les autres. Après tout ce n'était que de l'eau, ce n'était que de la terre et lui il était bien plus. Il était un homme. Il s'était mis dans cette merde pour s'en sortir, et ce coup-ci il avait fait fort. Il faudra l'être encore plus, se dit-il. Mais j'ai enfin une raison, elle est là devant moi, toute cette boue à déplacer. Je verrai chaque jour le résultat de mon effort. Cette Bataille est un jeu d'enfant. Je rythmerai mes journées au son de la pelle sur le gravier, de cette terre qui sucera la pioche je pourrai trancher et jeter à tout jamais une pelletée pour chaque haine, une pelletée pour chaque douleur. J'aurai enfin des plaies qui saignent, du vrai sang sur les mains, du sang qui ne soit pas sale, qui n'effraie personne. Le sang de l'effort est toujours digne. Le sang de l'effort n'est coupable de rien. Le sang de l'effort, il est bleu.

Il est rentré s'asseoir dans la cuisine tandis que dehors les chouettes égorgeaient leurs souris dans le feuillage nouveau. Il entendait sur le toit le tic-tic nerveux des écureuils, venus voir ce gros tas de merde en fer dans leur paysage.

Il est resté là un bon moment à se rouler des joints, ne rien dire, ne rien penser. Juste des images, sa vie entière qui défile devant lui, comme le cinéma permanent d'une séance qui dure depuis dix ans. Il est là le petit Joseph mort vingt fois. Il est là, à la fenêtre du premier son goûter à la main. Il habite une grande maison au milieu d'une bouse qui s'étale à perte de vue. Une maison finie la première au milieu des autres en construction. Joseph regarde le monde qui se construit autour de lui. Alors il comprend que c'est de là qu'il partira. Il était là le premier. Il avait tout vu, tout compris. Il était le centre du monde.

Dehors la nuit se rafraîchissait et les premiers piafs se réveillaient. Ce jour se lève mais qu'est-ce que j'en ai à foutre, se dit-il, du jour, de la nuit. Si je veux je creuse la nuit jusqu'à l'enfer. Je creuse mon enfer jusqu'à ma nuit. Je creuse mon espoir jusqu'à en sortir de brûlantes pépites, je serai riche de chaque coup planté dans la terre. Je boirai du vin à bout de bras dans le soleil, je cracherai dans mes mains un défi pour chaque caillou, une insulte pour chaque racine. Mon corps doublera de volume et à vue de nez mes veines respireront la santé. Je serai bronzé comme les gens qui partent en congé. Je pourrai même me buriner les burnes. Pour un peu c'est des vacances. Quelque chose à faire de concret, d'utile pour moi dont je verrai progresser la marche, quelque chose sur quoi j'aurai enfin un putain de pouvoir.

Il retournera là-bas, sa capitale du désir. Il y retournera sur son bateau. Peut-être même en arrivant y trouvera-t-il au coin d'une rue une âme avec qui marcher cinq minutes. Elle n'aura pas besoin d'être la femme de sa vie. Elle sera belle sur un boulevard et ses yeux se refléteront dans les vitrines. Elle n'aura peur ni de lui, ni de son sang. Ils seront libres comme le sont les gens. Personne ne fera attention à eux. Alors ils iront faire l'amour dans un creux du Père-Lachaise et peut-être même y prendront-ils du plaisir.

Après il pourra mourir.

Prendre son tour dans la chaîne de ce pays, qui tue un homme comme lui toutes les quatre-vingt-dix minutes. Les hommes comme lui qui ont tous cherché quelque chose de fort. Joseph avait comme eux ses quatre-vingt-dix minutes à lui. Il y avait quelque part un maillon avec son nom dessus. Il savait qu'un jour on le pousserait dans le dos en lui disant c'est à toi! Faudra pas mollir. Y mettre toutes ses couilles. Faudra vivre ça sans être une victime. Quatre-vingt-dix minutes c'est plus qu'il n'en faut à un homme pour mourir.

Il y eut un grand silence dans la tête de Joseph. Son pétard s'éteignait dans sa main et, faute de tangage, le rhum ne bougeait plus dans sa bouteille. Le jour était là, optimiste comme une insulte à sa déprime. Un jour de plus dans la mort, un jour de moins dans la vie. Un jour de plus dans la vie de Joseph, Joseph de merde.

Alors un moineau nerveux fit irruption dans la cuisine, puis plongea dans l'atelier. Pris de panique il volait dans tous les sens. Alors il voulut sortir par un hublot qui était fermé, et il se brisa le cou tout net. Il tomba sur le plancher et Joseph se mit à pleurer. Pleurer comme jamais. Pleurer pour l'oiseau. De quoi ce moineau était-il coupable. Qu'avait-il fait lui, pour mériter ça. Il n'avait pas tué Cheveux Noirs, il n'avait pas poursuivi Cheveux Blancs. Il n'avait abandonné personne et n'aurait jamais fait à autrui le millième du mal que Joseph avait pu faire autour de lui. Il avait le droit de pleurer pour cet oiseau, bien plus que pour lui-même. Il pleurait à grosses larmes, arrosant son papier à rouler. Il pensait au petit Joseph à la fenêtre du premier qui regarde le monde avec sa carabine à plombs. Il était embusqué derrière les rideaux, à essayer de dégommer un piaf, quand enfin il en eut un. Il courut sur place, les lieux du crime. Et là il ne riait plus, parce qu'il était vraiment mort, cet oiseau. Il était aussi beau que quand il était vivant, sauf que c'était la dernière fois. Joseph avait beau couper les orvets en tranches, faire fumer les crapauds et éborgner les carpes à coups de lance-pierre, il n'avait jamais ressenti ça. Cette mort était pour rien. Juste parce que Joseph s'emmerde. C'était la première fois qu'il s'en voulait, qu'il avait honte. Alors il est remonté à sa fenêtre. Dorénavant il tirera sur les gens, eux ça ne les tuera pas.

Il regardait l'oiseau en se disant que finalement Dieu n'aimait personne. Et je lui rends bien, se dit-il quand d'un coup il se mit à vomir. Après qu'il eut fini, il se sentait tout à fait bien. Il sortit et le soleil sur la tôle chauffait déjà sous les pieds. Il avait le petit oiseau dans les mains et il descendit du bateau par la branche du hublot. Arrivé en bas il s'enfonça dans la boue jusqu'aux couilles. Heureusement qu'il n'avait pas lâché la branche sinon il ne serait jamais sorti de ce merdier. Alors il a jeté l'oiseau sous les arbres et il est remonté. Il était couvert de boue et avait perdu une chaussure dans un bruit de chiottes assourdissant. Il se voyait déjà arriver victorieux à Paris avec cette touche de clochard. Il aurait bien pris une douche mais ça n'existait pas sur ce bateau. Et puis la cuve à eau n'était pas sans fin, valait mieux l'économiser.

Avec ce cloaque ambiant, il allait falloir attendre un peu que ça sèche s'il voulait circuler autour du bateau. Il est rentré et a ouvert tous les hublots au cas où un autre de ces piafs suicidaires se pointerait. Après il s'est vraiment demandé ce qu'il allait foutre de cette journée de merde. Alors il a fait comme toujours, il s'est assis pour rouler un joint. Il aurait bien raconté tout ça à sa caméra mais le jour le dérangeait. Il lui fallait ses bougies et la lumière jaune du groupe électrogène. Il lui fallait sa nuit. Sa maison de voile noir où se draper de son histoire. Il était le jour un homme de souffrance mais la nuit il était un homme qui pense. À moins que ce ne soit le contraire. Il en était à son quatre cent cinquante-troisième pétard de la journée quand le jour faiblit enfin. Dehors se réveillaient les grenouilles dans le vrombissement de la patrouille de France des libellules. Sur l'autre rive un héron qui était déjà là hier piochait dans l'eau allègrement sa salade de têtards. Dans le ciel le bleu se pigmentait de noir d'une nouvelle intensité profonde annonçant la nuit. Ce bleu était celui de Cheveux Blancs qui chaque jour s'en émerveillait. Il la revoyait encore, la tête en arrière, avec un air enfantin, ouvrant sa petite bouche sur ses dents de souris. Il la revoyait regarder le ciel, comme jamais elle ne l'avait regardé, lui. Il la revoyait, et la nuit tombait. Elle serait là encore pour une nuit, une envie. Elle était propriétaire du bleu du soir, Joseph de celui du petit matin. Ils ne risquaient pas de se rencontrer. Il la revoyait encore, puis le bleu devint noir.

Voilà, il avait perdu une journée de plus. La nuit était là l'enveloppant de ses grands bras protecteurs dans lesquels il allait pouvoir encore se cacher. Il ne bougeait pas. N'avait-il rien à faire ? N'avait-il pas ses travaux d'Hercule à préparer ? N'avait-il pas toute cette histoire en tête à peindre, écrire ou hurler ? Mais il ne bougeait pas. Il ne pleurait même pas. Pour pleurer il faut être là. Joseph n'était plus là. Joseph s'en foutait de tout. Il perdait son temps, le temps compté, comme la délectation d'un luxe formidable. Il se voyait déjà debout au coin d'un boulevard, dans le vent qui pue, avec des habits propres. Il sera là, libre de son histoire. Il aura dix vies encore à se construire et autant de raisons pour ne pas mourir. Il ne cherchera plus éternellement des yeux la silhouette de Cheveux Blancs. Peut-être même l'oubliera-t-il. Peut-être même acceptera-t-il d'être seul. Comme tout un chacun, lui le prétentieux. Il cessera peut-être d'ériger sa maladie comme l'arbre cachant toutes les forêts. Il sera enfin un pauvre con, comme tous les pauvres cons sur les boulevards.

Il finit par se lever, tituber un peu et sortir pour la salle des machines. Il tira la corde du groupe qui fit quatre fois plus de bruit que d'habitude. Le bateau n'étant plus dans l'eau, il vibrait et résonnait comme un tambour. Il ne tint pas trois secondes de plus et éteignit cet enfer hurlant. Il se mettrait des bougies. Il en avait plein et si ça suffit pas il ressortirait les lampes à pétrole qui puent et qui font de la suie. Il est retourné dans la cuisine, s'est installé le Caméscope, les lampes, les bougies. Il se roulait un joint, tirait une grosse taffe profondément et appuyait sur le bouton.

Je suis là. J'ai tellement parlé de la mort que j'ai cru la noyer la submerger de ma vie la saouler de mes trépignations l'emmerder tant et tellement qu'elle abandonne l'idée même de m'emmener quelque part j'ai tout essayé j'ai peint j'ai hurlé j'ai pénétré tout le pays je lui ai dit c'est pas possible je suis trop petit pour mourir la terre entière était d'accord j'y ai cru tout le monde y a cru et puis un matin c'est plus pareil au pied de ton lit ça ricane et les spasmes et les éclats secouent le paquet d'os et ça fait une petite musique et ça te regarde de toute sa sale gueule et ça te dit ça va ? faut que j'y passe comme les autres j'ai pu blouser les hommes mais pas mon destin je l'ai toujours su faisant semblant de ne pas le savoir au gré de mes dérives et déprimes j'ai noyé le poisson mais son odeur dégueulasse ne m'a jamais quitté.

C'est un long voyage cette pensée sur des années tous ces sentiments qui vont et viennent en hurlant qui repartent en rampant gémissants ils reviendront plus forts c'est un long voyage incessant aux escales éphémères au repos illusoire le rêve n'étant pas à l'abri de cette certitude omniprésente et la nuit se déchaînent les peurs et les cris ravalés dans la journée tout ce que l'on planque tout ce que l'on ne veut pas voir parce que l'on en mourrait de peur mais le rêve ne sait mentir et la nuit m'épuise.

Je suis là. Il sont venus par couples dans ce restaurant chinois ils se regardent se parlent et des fois se sourient tous ces gens ne vont pas mourir demain je sors dans la rue je marche dans la nuit qui tombe et le vent tiède me ramène à mon histoire je marche dans une ville la nuit seul et malheureux depuis si longtemps j'ai marché mes quinze ans dans les veines le poison qui tient chaud j'ai marché des nuits entières sans faire gaffe au nom des rues dans quelle ville sommes-nous je ne l'ai jamais su je marche dans la nuit des autres dans la rue des autres dans leurs maisons dans leurs draps à baiser leurs femmes et partir demain avec mes croûtes ma gale mes cheveux rouges hérissés mes chaînes et mon odeur de putois j'ai toujours su faire je n'avais qu'à rester là et laisser mes yeux raconter à qui s'y accroche une parcelle de ma vie pour qu'une femme vienne se coller à ce malheur forcément injuste c'est marqué dessus gueule d'ange est malheureux il marche ses quinze ans sur le corps des femmes protectrices et assoiffées sans chercher à savoir où l'emmène ce pavé moelleux d'une ville à l'autre sans raison les raisons c'est fait pour rester je marche mes quinze ans je ne fais que passer.

Je suis là. Je marche mes trente-trois ans et je me demande combien de fois une vie peut-elle basculer de combien de naufrages peut-on se retrouver chié épuisé sur une plage aux vapeurs mortelles de marée noire je suis là salut toubib je suis sur la route la mauvaise pente comme toujours j'ai si mal que j'ai même plus mal trop fatigué pour imploser encore une fois mes jambes ne me portent plus un taxi me sauve la vie sinon j'étais mort là au milieu des vivants je me sens si seul que je pense à cette fille que j'aimais tant je voudrais pouvoir l'appeler lui dire tu ne peux refuser de me voir je vais mourir m'en veux-tu à ce point de me laisser partir sans le pardon d'un sourire ne peux-tu baisser un peu ton glaive ton bouclier enfin pénétrer cette trêve ouverte depuis des années ne peut-on redevenir des hommes je me prépare pour un grand voyage et ce regret monstrueux est bien trop lourd pour mon bagage.

Mais cette fille là-bas ne sait même plus de quoi je parle ni qui je suis avatar de son histoire je ne suis rien juste un truc à éviter sale et déprimant un mort qui parle et qui fait chier autour de moi le soleil les enfants les arbres n'existent plus Paris n'est que le décor changeant de ma pensée braquée et tout seul sur mon banc je n'existe plus non plus et c'est trop tard tout est trop tard. Le voyage commence.

Les jours suivants virent Joseph à la tâche. Avec le jet de la motopompe il avait réussi à creuser une pente mais comment déplacer la terre sous le bateau sans se le prendre dans la gueule ? Il devenait très dangereux de rester en dessous. Il n'avait pas fait tout ça pour se faire écraser par une péniche, une péniche de merde. Il faudrait l'étayer avec des gros bastaings mais ça, c'était un boulot pour Hulk.

La nuit tombait et Joseph assis sous les arbres regardait le chantier en fumant un gros joint pour oublier qu'il avait les boules. Après il en a fumé d'autres pour oublier qu'il était défoncé. Ça a duré un bon bout de temps, quelques jours à errer dans le bateau à ne rien faire et fumer dans le noir à regarder s'allumer la petite maison d'en face puis s'éteindre. Pourquoi ne pas chercher à traverser. Il y a sûrement un pont quelque part. Pourquoi ne pas aller à la rencontre de cette femme qui avait su l'interpeller de si loin. Peut-être étaient-ils déjà si proches qu'il n'était plus de raison de traverser. Qu'avaient-ils chacun à offrir à l'autre. Il était évident pour les deux que la vie était déjà passée par là, malaxant les regards de mille histoires que l'on devine dans leur profondeur. Mille histoires opposées l'une à l'autre qui se déchirent en formant un gros Tout. Mais la fusion de deux ruines n'a jamais construit un immeuble neuf. Traverser ne serait qu'un retour pour chacun, un retour à son propre gâchis, son propre ciment, son propre torchis. Traverser ne serait que vouloir une fois de plus émousser les truelles fatiguées sur le crépi sanglant du malaise de l'autre. Non. Traverser était un mot qui n'avait plus de sens parce que de l'autre côté il n'y avait plus rien à rejoindre. Il avait pourtant fait ça toute sa vie. Avant même de savoir nager il marchait sur le fond. Il avait rallié à pieds de nombreux continents, baragouinant l'idiot idiome espérantiste de sa peinture et si aujourd'hui il avait un bateau c'était juste pour moins se fatiguer. Mais ce bateau cloué lui allait si bien. Il était peut-être même la meilleure excuse de Joseph pour ne pas traverser. La vérité c'est que d'avance ça le faisait chier. Et puis un rêve ça doit pas être là juste en face, bêtement. L'espoir doit s'espérer. Un espoir atteint, c'est déjà le passé. Et puis celle-là, à part qu'elle devait être autant dans la merde que lui, elle avait pas une gueule d'espoir.

Joseph restait là, à gribouiller machinalement du papier mais sur la feuille rien n'apparaissait. Décidément la voisine d'en face ne lui inspirait rien. La page restait blanche, cette éternelle page du matin, que l'on peindra en noir jusqu'au soir jusqu'à ne plus pouvoir, repu de rage, défoulé par les coups donnés, gavé de mots, d'images et de haschich. Il avait bien fait de ne pas se mettre à peindre, se dit-il. Il en était là quand il s'est dit que finalement parler à sa caméra était bien plus facile que de peindre puisqu'il n'avait pas à réfléchir, il avait juste à souffrir. Mais la bande en elle-même était-elle une œuvre d'art pour autant? Tout ce qu'elle contenait, ces mots numériques, ces baquets de larmes, sa vie réenregistrée sur toujours la même cassette, tout était là dans ce petit bout de plastique. Peut-être pas encore tout, se dit-il en appuyant encore une fois sur le bouton.

Je suis là. Salle d'attente de l'hôpital. Autour de moi, silencieux les gens regardent surtout leurs pieds. Nous sommes tous là pour la même chose. Oui toi aussi là-bas qui fais mine de rien bon père de famille qui grisonne de la tempe. T'inquiète, on sait bien que tu vas aux putes, tu vas pas nous jouer le transfusé. Alors on emmène un brancard sur ses roulettes, bardé de potences et de tuyaux de toutes les couleurs. Recouvert d'une couverture et appuyé sur deux énormes coussins on ne voyait rien de lui, sauf son visage. Un visage de craie au regard fixe, les pommettes saillantes et des yeux noirs, noirs comme j'en avais jamais vu. Il regardait devant lui comme s'il ne voulait pas nous voir. Nous. Ceux qui marchent encore. En face de lui sur le mur de grandes affiches de prévention semblaient se foutre de sa gueule. Les autres autour se passionnaient de plus en plus sur le carrelage par terre. J'étais là à un mètre de lui. On était venu me le foutre sous le nez. Je regardais ses yeux, ses yeux furieux, furieux de mourir, d'être là à en subir l'humiliation devant nous. Il devait bien sentir mon regard mais il ne bougeait pas. Il n'avait plus la force de sa colère mais on pouvait la lire dans ses yeux. Ses yeux où sa vie, ses espoirs et ses rêves défilaient au milieu de sa rage. Combien de projets n'avait-il pas nourris, combien cette flèche brûlante avait-elle foudroyé de ses élans ? S'il avait pu vivre rien ne lui aurait résisté. Mais il était là, avec moi dans cet hôpital antichambre de la mort. Le mec regardait le mur, je regardais le mec, les autres ne regardaient rien. Alors ils sont venus le chercher pour l'emmener vers ses quatre-vingt-dix minutes.

Alors je suis resté là. Mais j'avais plus envie d'attendre, de savoir la nouvelle merde que la science avait pu détecter en moi. Alors je me suis levé, je suis sorti, et sur le perron j'ai allumé une cigarette. Les pigeons étaient là, les bagnoles, les gens, la sortie de l'école, le soleil, la vie, quoi. J'avais sur les épaules le poids de la vision de cet homme, prédicateur de ma prochaine aventure. Place de la Nation j'ai failli m'écrouler au pied des statues du no man's land. Là j'ai plié mais pas rompu. Je suis rentré au bateau et j'ai mis Marcel en route. Me barrer, me barrer loin de cet hôpital et de ses faces de craie, ses lits qui déambulent chargés de mort à ras bord. Et puis loin, loin du Noir et du Blanc des cheveux de la culpabilité. Loin de moi et de cette pauvre vie que je me suis construite.

Je voulais m'enfuir mais le fleuve en décida autrement. Me laissera-t-il repartir un jour, rien n'est moins sûr.

Alors avec le petit matin la pluie revint.
Tout doucement d'abord, d'un crachin hypocrite

qui saisit le bateau de sa main moite. Puis d'un coup elle dévoilait sa franchise en rigolant comme pour dire à Joseph, tu vois Ducon, tu es à moi. Vois-tu, je suis la bride sur ton cou. Sens-tu mon odeur ? À ma guise je vais et je viens pour mieux t'oppresser, te montrer à quel point tu n'es rien.

Joseph est resté là des jours entiers dans le bruit de la pluie, à fumer, fumer et réfléchir. Il aurait pu faire ça des mois entiers mais la pluie en décida autrement. Une nuit alors qu'il dormait il crut que le monde penchait. La pluie avait détrempé à mort le terrain alentour du bateau qui, miracle, glissait tout seul ! Le cul, plus lourd, partit le premier. Dans l'atelier tout avait volé une fois de plus et les fuites du plafond prenaient d'un coup un petit air surréaliste en coulant de biais par rapport au décor. Joseph avait très peur et n'en croyait pas ses yeux. Alors vint le deuxième cataclysme qui jeta le bateau entier dans l'eau. Incroyable. Si cette salope de pluie me file un coup de main c'est qu'elle manigance un plan, un coup de vice planqué quelque part, se dit-il. Elle libérait Joseph pour mieux le hanter plus tard, ailleurs, où qu'il aille.

Alors Joseph mit Marcel en route et la pluie lui montrait le chemin. Joseph rentrait. Joseph rentrait à Paris. Il avait combattu ce qui pouvait l'être dans cette histoire et même remporté quelques batailles comme celle de déposer Cheveux Blancs au pied de la pluie. Enfin le croyait-il. Elle était morte dans sa chair et dans l'air qu'il respirait. Cheveux Noirs était vivante. Il retournerait là-bas et essayerait d'être son ami.

Il retournerait là-bas à la recherche de ses quatre-vingt-dix minutes. Il n'était ni plus faible ni plus fort. Il était vivant.

Il retournerait là-bas prendre fièrement sa place dans la roulette de la mort, pour combattre avec ses frères. Ses frères de misère.

Paris, Miraval,
Paris, printemps 1996

Poèmes

Alors je me fous au soleil
très vite la peau de ma poitrine
se tend et m'étouffe
j'ai du mal à respirer
putain
si ça pouvait continuer
je n'aurais qu'à rester là quelques heures
que ma peau se tire et s'étire
sèche et enfin craque
et par les plaies béantes et cuites
s'échapperaient
la merde putride et bouillonnante
le pus nauséabond
qui flue et reflue
rouge comme un soleil qui rend aveugle
alors je resterais là
comme un pavot qu'on incise
à gerber mon poison aigre-doux.

Avant de crever
il faut que je te touche
il faut que tu me touches
pour que tu saches
à quel point j'étais vivant
combien j'étais chaud
malgré tous les mots froids
crachés par désespoir
avant de crever
saoulons-nous tous les deux
d'une vérité éternelle
lavée de tout langage
avant que je crève
il faut que tu m'aimes
bien plus que tu n'en seras jamais capable
sans raison ni folie
vraiment
même si rien n'est jamais vrai
sauf la mort que je porte en moi
brûlante et incontournable
brûle-toi
avant de crever
donne-moi
un peu de tes cheveux
juste un bout de tes dents
plantées dans ton sourire
avant que je crève
ramène-moi à la vie
d'un geste
avant que je crève lentement
tue-moi
d'un éclair de tes yeux
noirs
comme la mort.

Un homme est mort ce matin
loin là-bas
avant de mourir il n'a rien dit
il était seul depuis la veille
quand la bombe a déchiré le toit
son fils et sa femme avec.
Ses voisins étaient partis
depuis longtemps dans la montagne
le froid la boue et la faim
la peur
un homme est mort ce matin
poussière cathodique
dans le blizzard du direct
dans la tempête des os broyés
la chair qui grille
les poumons brûlent
sous les phares du monde entier
qui pleure sur les baleines
qui deviennent aveugles
tant la mer est pleine de sang.

En ce temps-là
la mort était pire qu'une femme
à se faire attendre
et désirer des fois
en ce temps-là
rien n'était sûr
et tout était pour demain
et surtout l'espoir
d'une main sur la peau
qui ne soit pas qu'une main
je ne sais plus très bien
en ce temps-là j'étais un peu perdu
j'avais beaucoup bu
pour me souvenir.

Alors ils ont coupé les arbres
dont les racines lézardaient les trottoirs
pour en replanter des petits tout neufs
rien ne s'est passé
et ce sont nos veines qu'on arrache du pavé
vides de cette sève torturée
qui croyait que rien ne pouvait lui résister
alors viendra couler un bitume de plomb
pour boucher la plaie
et rendre leur perspective
aux pavillons posés là
sur lesquels on pourrait planter des croix.

J'avais perdu jusqu'à mes chaussures
et j'étais fatigué
ça faisait des mois entiers
des années
à nager à nager
ou juste faire la planche
dans les vagues toujours creuses
profondes
d'une flaque de dégoût
des fois j'ai eu envie
mais vraiment
de faire le plomb couler comme une cartouche
pan gloup gloup
un trou dans l'eau
quelques bulles
à la commissure des lèvres
noires
comme le fond sans fond
où peut-être je pourrai me reposer.

DANS LE LIT DE LA MORT
ON NE DORT PAS TRÈS BIEN
ON Y FAIT DES RÊVES
NOIRS SUR NOIR
QUI HURLENT EN SILENCE
DANS D'IMMENSES DRAPS
MOITES ET GLACÉS.

EN *b*AS **d**e la tour **E**i*ff*EL
il p**L**e**u**T des Pa**S**tèqUes
Qui E*xpl*osen**T** en pouSSa*n*t
Le*u*R d**e**rN**i**er c**R**i
Ad**i***eu* pé**Pi**N**S** !

J'étais avec eux un jour on a tué deux chiens dans une forêt ils étaient attachés ensemble au même arbre au premier coup de 22 la corde a craqué les deux chiens se barrent dont un avec une balle dans la tête il a fallu leur faire croire qu'on était gentil qu'on avait pas fait exprès pour les rattraper on les a re-attaché et on a recommencé ils voulaient pas crever quatre cinq balles dans la tête et ils nous regardaient toujours apeurés les yeux remplis de sang je me dis tire dans la truffe ça va les achever et la truffe d'exploser ils voulaient pas crever je les entends d'ici.

Il était ambulancier il m'hébergeait me nourrissait et me donnait de la came à revendre pour me faire un peu de thunes quand la lumière rouge s'allumait il devait mettre sa blouse et descendre alors il finissait son shoot en vitesse en insultant le monde entier il filait dans l'escalier se tenant le creux du bras je le regardais partir paradoxe ambulant qui partait sauver des vies de la mort plein les veines.

Alors il les mettait là au milieu de tous et il posait des questions tu crois qu'il a une grosse bite ton père ? ouais il doit bien baiser tiens il lui donne une raquette de tennis et lui montre le matelas t'aurais voulu qu'il te saute hein mais tu lui as pas dit et cet enculé ne t'a rien demandé allez dis-lui maintenant ! papa sale enculé baise-moi fumier ! fils de pute ! hurlait-elle et pan et pan à grands coups de raquette dans le matelas baise-moi papa oublie maman cette salope baise-moi au bout d'un moment elles fondaient en larmes épuisées après les séances il se les faisait toutes il était pas le seul.

J'aimais la cantinière mais son jules venait de sortir de prison alors j'ai charmé la femme du dirlo qui a bien fait la gueule mais on se retrouvait tous quand même le soir à fumer des tarpés pendant que le jules dans son coin se faisait un techou de Palfium toutes les quarante minutes j'habitais une Traction Avant qui était morte là sous un escalier du château la nuit j'entendais les rapaces égorger les rongeurs je me souviens d'une fille avec qui j'ai fait l'amour c'était ma sœur je passais ma vie dans la cuisine à rouler les joints de la cantinière en écoutant du rock à fond et en dansant avec les chèvres j'avais quinze ans j'adorais cette école.

J'étais là bardé de chaînes de cuir les cheveux rouges
à faire le petit teigneux
Cavanna me dit que je ne suis qu'un petit voyou désuet
j'étais comme un con
je savais même pas ce que ça voulait dire
désuet.

Quand j'avais dix ans
il me suçait la bite
il devait déjà être bien vieux
pour n'avoir que ça à foutre
il aurait pu me violer
me trucider et me découper
mais il préférait par-dessus tout
sentir de son gros nez poilu
mes petites couilles
légères et parfumées
il était tendre et vicieux
il me faisait un peu peur
comme on aime à cet âge-là
quand on sait que l'on ne risque rien
je mangeais les cerises de son jardin
et on discutait du cul des filles
mais lui il en avait rien à foutre
c'était juste histoire de causer
je voulais qu'il me donne
la tête de chat en fer qui pendait dans sa cave
pour effrayer les souris
avec deux agates à la place des yeux
et des moustaches en alu.

Il faisait chaud à en mourir le journal avait eu l'idée d'acheter une péniche pour faire des expos itinérantes toute l'équipe était là pour le baptême du bateau sur la Seine il faisait chaud à en mourir les mômes couraient et transpiraient sur les plats-bords j'avais trouvé une collection de Play Boy et je me branlais dans le pick avant et puis le fils de Wilhem est tombé dans la cale assommé je me souviens de Wilhem tenant son fils inanimé dans ses bras on a rassemblé les gamins il en manquait un sa mère s'est mise à pleurer à la radio ils ont dit qu'il était mort deux kilomètres plus tôt chaud et froid dans l'eau le retour sur la Seine a duré des siècles il faisait chaud à en mourir.

Je l'avais branchée le premier rancard dans les chiottes des filles on se roulait des grosses pelles et je commençais à la foutre à poil mais j'étais trop petit pour entrer ma bite la fille était bien plus grande que moi baisse-toi un peu que je lui dis à ce moment y a Lafouine qu'est venu frapper à la porte hé Mano laisse-z-en un bout! dégage connard que je lui dis en rassurant la fille on y était presque quand Lafouine est passé par le chiotte d'à côté et matait par-dessus tire-toi enculé ou je t'éclate! mais c'était trop tard ils étaient cinq maintenant là-haut à tirer les cheveux de la fille et à lui cracher dessus Lafouine et Camel étaient descendus et tripotaient rageusement les seins qui avaient excité tout le pensionnat Lafouine se branlait par terre en essayant de mettre des doigts à la nouvelle qui restait là à pleurer dégoulinante de bave les habits déchirés je sortais de là quand le surgé est arrivé la seule baffe c'est elle qui l'a prise après ils l'ont virée.

Y a des gens qui font des routes
petit à petit
ils sont venus de loin
pour marcher au pas derrière la reine des abeilles
qui chie du miel tout noir
et ça fume et ça fume
et ils étalent la sueur
en sifflant Oum Kalsoum et Linda de Souza
et les refrains se collent
sur les dos douloureux
alors ils ratissent leurs vertèbres
en clignant des yeux dans le soleil
sur les femmes qui passent
et doucement ils s'éloignent
ces gens-là n'auront jamais fini
mais peu leur importe
ces gens-là n'ont pas de voiture.

Au bistro en face de l'hôpital y a des vieilles aux yeux crevés qui boivent du vin chaud en donnant des sucres à mon chien elles discutent du malheur des autres pour pouvoir parler du leur de temps en temps quand il leur reste un œil elles restent là à regarder le drapeau flotter sur l'hôpital et elles commentent aux autres le défilé incessant d'entrées et sorties de toutes les couleurs du teint blanc au verdâtre passant par l'écarlate et le jaune d'or un vrai tableau dommage qu'elles voient pas ça.

Ça fait trois heures là debout devant le mur jaune pisse pieds joints jambes tendues sur la tête un paquet de Gitanes vide en équilibre chaque fois qu'il tombe tu restes un quart d'heure de plus en plus de combien ? va savoir c'est au bon plaisir de Momo qui te guette là derrière au moment où fatalement tu te reposes d'une jambe sur l'autre là il te fouette sec et fort sur les mollets avec sa grande règle en bois carré vert jaune rouge bleu tu sursautes de douleur le paquet de Gitanes tombe tu prends un autre coup pour le paquet tu le remets sur ta tête tu as treize ans tu as mal tu ravales tes larmes sinon c'est à genoux sur la règle que tu devras rester tu regardes le mur tu hais le monde entier tu regardes le mur trop longtemps que ça dure demain je me barre d'ici.

Toulouse Centre Leclerc je glisse la pièce juste cinq balles allô toubib alors quoi de neuf alors il voulait pas parler dépêche-toi je lui dis ça va couper vous êtes positif c'est quoi positif ? séro-positif qu'il me fait clac ça coupe doucement je raccroche j'ose pas me retourner derrière moi le monde a changé ou alors c'est moi qu'est-ce qui se passe putain j'ai envie d'aller chercher de la monnaie de rappeler derrière moi la terre a basculé je me retourne tout est là les gens les caddies la musique les enfants je marche dans les rayons je regarde les gens j'ai l'impression qu'ils savent qu'ils sentent j'ai envie de crier mais oui ! mais oui mon pote ! envie de leur faire bouffer mon sang pourquoi pas toi hein connard ! ça hurle dans ma tête je ne sais plus je rentre au bateau dehors il fait moins quinze je ne connais personne dans ce bled de merde.

Il faisait des casses minables dans son petit village d'origine avec la bagnole de société de son père et le nom écrit en gros dessus alors quand ses lettres me parvenaient de Fleury-Mérogis j'avais du mal à le prendre en pitié.

Ça faisait des mois sans parler ou juste un peu au pilleur de troncs avec qui j'allais faire la récolte du pavot autour de Bordeaux on shootait là sur place en plein champ la sève amère qui délicieusement nous brûlait les veines j'aurais pu prendre racine et puis Mitterrand est arrivé au pouvoir j'étais à l'âge où on peut encore croire que Socialiste voulait dire quelque chose rien ne serait plus comme avant pour un peu c'est la révolution ! je plantai là le pilleur de troncs et remontai chez ma mère en banlieue pour me refaire une santé si je raconte tout ça c'est pour que Mitterrand sache que finalement quelque part malgré lui il aura servi à quelque chose.

J'ai vu le barman se prendre un coup de couteau dans le cou il pissait un peu le rouge y avait une demi-douzaine de beaufs envinassés qui se tapaient dessus l'un sa lacrymo l'autre son couteau et même un qui menaçait d'aller chercher son gun dans sa tire toutes ces conneries m'ont fait rater l'extraballe après on a tchatché avec un égoutier qui votait Le Pen à force de vivre dans la merde il la veut au pouvoir mais les rats en moins pauvre type.

C'était un jour de pluie un vrai temps de merde elle avait pris rancard pour moi chez Rozenchmol le spécialiste là-bas qui sait tout c'est un jeune qui nous reçoit alors elle le branche sur si c'est pas mieux pour moi que je bouffe du calcium ou alors pourquoi pas des vitamines ? et l'autre en face avec sa tête de nœud qui commence à soupirer il lui demande de sortir pour m'ausculter entre quatre yeux je lui dis qu'elle est là pour discuter qu'elle voudrait deux trois conseils qu'il faut être cool avec elle que c'est ma mère et qu'elle a plus peur que moi elle revient et ré-embraye sur ses histoires de super levure et pain complet l'autre répond que la science à c't'heure n'en sait rien ma p'tite dame mais surtout faut qu'il la mette la capote qu'est-ce qu'elle en avait à foutre ma mère en sortant de là elle ne savait rien de plus et avait envie de pleurer on a marché un peu sous la pluie.

Elle marchait seule un peu triste ils étaient quatre derrière elle ils l'ont traînée dans le parking souterrain sous les baffes et la peur elle s'est chié dessus je passe en dernier parce que j'ai le sida lui a dit le quatrième. Au téléphone elle pleurait j'ai pris le premier train pour Lyon alors doucement et tendrement pour laver la souillure on a fait l'amour.

On était saouls tous les deux au bord du lac il a commencé à avoir le vin triste il est entré dans l'eau d'abord jusqu'à la taille il me parlait en pleurant j'étais terrifié il avançait toujours jusqu'à tomber dans un trou il se débattait dans l'eau noire là à quinze mètres de moi je pleurais lui suppliant de revenir cloué par cette peur de l'eau la nuit incapable de bouger quelqu'un est arrivé et a plongé c'était ma première cuite dans l'eau là-bas c'était mon frère.

Ils t'ont gaulé chez Tati
un pull et trois chaussettes
ils t'ont amené derrière
payer le prix de ta misère
t'aurais pu être leur père
mais ils t'emmenaient comme à l'abattoir
la porte a claqué dans ton dos
ici au moins il faisait chaud
ils t'ont fait comprendre
au foie et à la tempe
que même les flics voulaient pas de toi
alors ils t'ont jeté à coups de pieds
toi tu sentais plus rien
t'étais plus là
quand t'étais petit
dans le désert là-bas
il faisait chaud.

Au métro Anvers y a un ancien théâtre qui fait deux films de baston pour quinze balles ça a dû être un putain de théâtre avec des fresques au plafond et des bas-reliefs jaunis quand tu rentres le moite te prend ça sent la sueur le tabac et les hamburgers je m'assieds dans la salle et j'écoute autour de moi l'autre qui ronfle là-bas le cliquetis des sièges en bois qui battent et se rabattent tous ceux qui toussent au fond et crachent leurs poumons dans un flot d'insultes des Blacks des Arabes et la grosse là qui fait tout haut le commentaire vas-y tape dans les couilles ! et toute la salle qui rigole régulièrement des rondes de flics viennent choper les fumeurs et réveiller ceux qui dorment ou puent vraiment trop quand le film est vraiment trop nul je vais au bar et s'il fait beau ils ouvrent les fenêtres sur le boulevard Rochechouart et ses mille trafics je reste là à ruminer mon cafard mais je me sens déjà mieux ici on est tous les enfants du Trianon.

J'avais treize ans il me dit viens par là paraît que tu baises avec les filles je vais te faire voir un truc il ouvre l'*Universalis* et me colle sous le nez une série de photos de bites ravagées par je ne sais quelles maladies monstrueuses qui rongeaient ou au contraire fleurissaient de mille pétales dégueulasses les pauvres types qui devaient avoir envie de mourir quinze ans plus tard je me dis que cet enfoiré a dû me porter malheur.

Elle était assise par terre en lotus et parlait le téléphone collé à l'épaule de sa main libre elle perçait la veine et une goutte de sang vint à perler dans la pompe elle parlait toujours avec je sais plus qui et ne lâchait l'engin que pour se gratter le nez elle avait injecté le premier tiers et s'arrêtait là pour savourer le plaisir sans cesse elle revenait en arrière au bout d'une bonne vingtaine de tirettes elle disait plus rien et piquait du zen à l'autre bout du fil ce devait être pareil alors elle s'est réveillée un peu la pompe toujours là dans le bras rouge de sang et c'est reparti pour un tour de tirettes je reste là les yeux rivés sur le piston qui charrie le rouge bon je raccroche qu'elle dit elle pose le combiné et arrache la pompe de la veine tuméfiée le sang coulait noir elle ne bougeait pas au bout d'un moment elle s'est remuée vers la cheminée et y a ramassé un bout de papier journal à moitié cramé qu'elle s'est collé sur la veine pour boucher le trou.

J'AIME PAS LES ARAIGNÉES
Y EN AVAIT UNE GROSSE
QUI PENDAIT
J'AI PRIS LE PREMIER BOUQUIN
QUI TRAÎNAIT
ET JE L'AI CLAQUÉE À L'INTÉRIEUR
J'AI OUVERT
LE CADAVRE ÉTAIT LÀ
DANS UNE AURÉOLE DE SANG
LE CHAPITRE ÉTAIT
« L'AMOUR EST AVEUGLE ».

Et il rentrait chez lui
un peu plus léger
il fallait bien attendre
encore
mais plus pour rien
attendre c'est toujours dur
et c'est de tous les instants
mais tout a une fin
même le pire
il rentrait chez lui
retrouver sa chienne
elle au moins
ne l'attendra plus.

Je MaRChe La Nuit
jE mONTe DES eSCAliers
je SOnNe Aux PoRtES
deRRiÈRe IL y a DES GeNs
je LeuR dis la vie c'EST comme LA peinture
C'est bEau mAIs C'est ChiANt
TouT Ça tOut çA.

On a ouvert des huîtres
elles restent là dans leur plat d'argent
elles sont vivantes
en les observant bien on les voit bouger
et quand on réfléchit
on ne voit plus là qu'un tas de douleur silencieuse
elles sont deux douzaines éventrées les unes contre les autres
c'est dingue le mal qu'on peut faire autour de soi
alors pourquoi attendre que ça s'arrête
je ne suis qu'une huître
et mon agonie ne prendra fin
que dévoré goulûment par une bouche amoureuse
mais je dois être une huître qui pue
ça fait un an que j'attends sur le bord du plat
les blessures gorgées de citron.

Alors je rentre chez moi
ça fait longtemps maintenant que j'ai perdu mon chien
alors dans ma tête je cherche quelqu'un
à qui je pourrais tout expliquer
expliquer quoi
que l'on naît tous seuls
et que plus ça va
plus ça s'arrange pas
en choper un ou plutôt une
laisser se déverser la rancune
lui voler tout ce qu'elle croit
maigre fortune
je ne suis pas plus riche
de cet espoir volé aux femmes
j'aurai beau m'en peindre
et m'en badigeonner la face
comme un clown dans sa loge
j'aurai beau m'en foutre des tonnes
le vicieux burin de la vérité
d'un coup viendra tout exploser
alors les éclats
blessent autour de moi.

Il faudra que je le fasse
il le faudra bien
que j'aille jusqu'au bout
faudra pas mollir
dur comme l'acier
dans les poings
tout mon corps derrière
il faudra attendre
peut-être des heures
sans réfléchir
faudra pas mollir
sur le trottoir
qui sait ce qui peut se passer
embuscade de méchant
tout mon corps dans sa gueule
il faut qu'il paye
les nuits de solitude
à rêver sa mort
il faudra qu'il ait mal
très mal très mal
qu'il saigne ses dents
et qu'il pleure
j'ai son adresse
demain
enfin
je suis libre.

J'ai l'impression parfois
que ça dure depuis toujours
la barre dans les mains
j'ai mal au dos
je ne sais plus ce qui m'attend
peut-être cette fille
aux grands cheveux noirs
qui m'a dit des mots gentils
au téléphone
mais je sais aussi qu'elle a peur
de mon sang de ma bouche
de ma putain de pine de merde
et puis je ne sais plus
si je suis encore capable d'aimer
sauf de loin
des trucs impossibles
parce qu'ils ne sont pas pour moi
je suis fatigué
de voir défiler la France
je suis froid comme la tôle le matin
qui me gèle les pieds
j'ai peur
j'ai besoin de quelque chose qui n'existe plus
que je ne trouverai jamais
j'ai envie de mourir
là ce soir
dans ce bled dont je ne connais pas le nom
mais encore aujourd'hui
je me suis trop bien battu
comme tous les jours depuis presque deux mois
sur les fleuves de France
comme un éléphant
pour son dernier voyage.

dimanche.
5 cigarettes
2 pains au chocolat
1 café
tarama pain et citron
& demi-baguette au levain
2 marronssuis
1 paquet de granolas
thé
gâteau de semoule Libanais
120 cl de Fisher
1 demi-paquet de Pall Mall
riz cantonais
2 pommes
1 demi-pot de Nutella
bol de corn flakes avec du lait
biscottes
2 verres de lait
plus de cigarettes
dodo.

Ça fait dix jours que tu craques
de me trouver au matin
planté dans ta cuisine un pétard à la main
et déjà l'œil livide
t'as l'impression d'être en prison
avec toujours le même compagnon
qui jamais sort un son
un sucre ou deux ?
moi tu sais j'aime bien les cuisines
dans le temps elles étaient remplies de femmes
qui remuaient leurs mains leurs seins leurs fesses
et pour moi pleines de tendresse
le câlin rude et facile
et les coups de cuiller sur les doigts
sentaient bon le chocolat
un sucre ou deux ?
je vais pas commencer de bon matin
à te dire que j'ai les boules
qu'hier au concert y avait pas foule
que la femme que j'aime elle est trop loin
qu'il suffira pas que je revienne
pour qu'on se rapproche un brin
alors deux sucres ou un seul ?
je vais pas te demander de bon matin
qu'est-ce que je fous là seul comme un chien
qui gratte sa croûte sur scène
en chantant si faux que ça te fait de la peine
je vais pas te faire le décompte
des bières que j'ai bues hier
trop pour en être fier
un peu de thé dans ton sucre ?

Je ne sais plus
je passe d'un état à l'autre
de la haine à l'amour
de l'indifférence à la passion
et sauter si vite de l'un à l'autre me fait peur
peur de moi
je ne suis qu'une montagne de merde
de plus en plus impénétrable
ai-je tant fait de mal dans cette vie
que je sois condamné à le payer de cette solitude
qui colle à ma peau
depuis si loin que remontent mes souvenirs
cet abandon qui fabrique la bête de scène
acharnée
à panser sa plaie de sa langue torturée
écorchée
en sang
sale et bouillonnante
je n'ai pas plus mal que d'habitude
je suis là
je salis tout ce que je touche
si je t'aime malheur à toi
tu feras partie de mon œuvre
l'œuvre d'un artiste du mensonge sincère

perdu entre les deux
le cœur marteau
la haine enclume
tout ça
il y a quelqu'un que ça amuse en moi
mais tout ça ne suffit pas
je n'ai pas changé
je reste mille moi-même
qui hurlent et se battent sans raison
jusqu'à tomber se relever et recommencer
comme ce tableau de Goya
où deux hommes dans la merde jusqu'aux genoux
se tapent dessus à coups de bâton.

Ma vie est un long Gange tranquille
qui charrie ses cadavres
ses maladies
et ses croyances poétiques
je m'y baigne chaque jour
explosant là mes pustules
je dérive dans mon jus
vêtu d'un sari couleur de sang
je meugle
telle une vache sacrée.

La route de l'ennui mène à l'espoir
l'espoir si infini
que tu t'y sens tout petit
alors tu es là au fond tout perdu
les yeux grands ouverts de ne rien voir
alors s'ouvre devant toi la porte
la grande porte de la route de l'ennui
qui mène à l'espoir
si infini.

Il y a des jours blancs
sans soleil
où il fait encore plus chaud
et plus lourd
j'ai la gueule de bois
et mal au cœur
pourtant je ne sais plus si je t'aime
et dans ma boîte aux lettres
trois mots de toi
lointains
se perdent dans ma tête vide
je ne me sens pas très bien
j'en ai peut-être pas pour longtemps
j'allonge mon corps
dans le vent du soir qui se lève enfin
je ne sais plus
je ne sais pas
j'ai mal toujours
moite faible fébrile
seul et malheureux.

Il n'y a plus que les chiens
pour me regarder comme ça
que les chiens
pour jeter une patte
d'une brutalité tendre et authentique
me mordre et lécher l'oreille
me faire des frissons
et m'arracher des je t'aime
putain je t'aime
ils n'ont qu'une envie
vivre avec moi
et me parler des heures
d'un battement de queue
d'une langue qui pend
il n'y a que les chiens
pour prendre toute la place
la nuit dans mon lit
où moi je pense à toi.

Il fait pas chaud

dehors il fait moins cinq

à l'intérieur

il fait moins que rien.

Il y a des nuits de haine
où tout bascule
debout
tout nu à la fenêtre
à fumer
la tête en feu
devant le reflet dans la vitre
derrière laquelle tout le monde dort
pourquoi pas moi

Se coucher le cœur battant
rempli de haine
contre le corps d'un ange
qui dort depuis longtemps

Il y a des nuits de haine
où quand vient le sommeil
c'est encore pire
violence et meurtre
toujours le même
il me faut son sang
pour me reposer demain
même si j'aime pas ça

Il y a des nuits de haine
mauvaises pour tout le monde.
Elle était vieille poilue et sentait la vieille urine
elle buvait son absinthe maison
dans le soleil du matin
elle pensait à ses anciens amours les toreros
et elle criait olé olé paix aux âmes des encornés
les grillons faisaient la clape
elle me dit tu sais beaucoup de gens t'envient
je réponds oui
ce que j'ai
ou ce que je fais
mais ce que je suis ou ce que je vis
qui l'envie ?
on est resté là
sans rien dire
à faire fondre des sucres jusqu'au soir
avant de s'endormir
elle me regarde et me dit
qui t'envie ?
tous ceux qui sont déjà morts mon fils !
olé olé
paix aux âmes des encornés.

Et je suis parti par un matin
je me souviens bien
il pleuvait ce jour-là
c'était un matin tout gris tout pourri
et depuis j'en connais plus que des comme ça
j'étais mouillé il faisait froid
Toulouse voulait pas que je m'en aille
mais je suis parti je m'étais juré
j'avais promis.

Poème mon frère sauve ma misère
déroule l'horreur et en trois mots
rends-la belle
imprime ce cerveau de papier
avant qu'il ne brûle à jamais
poème mon air
emplis mes poumons
pour en chasser les miasmes du ressenti
poème mon eau
lave ma bouche pâteuse de dépit
apaise ma gorge raclée d'insultes
éteins ce feu-là dans la tripe au fond
poème ma musique
que dansent les cadavres sanguinolents
de mes espoirs d'enfant
poème ma voix
parle-lui tout bas
que s'évanouisse sa peur de mes bras
poème ma chaleur
enrobe mon corps de cette sueur
qui naît d'un désir assouvi
cent fois recommencé
poème mon fils
remplis ma paume de ta main fraîche
le jour durant droit devant
poème ma ville
que chaque trottoir soit au soleil
que j'y rencontre une étincelle.

Aujourd'hui les poètes
c'est des gros nazes
qui font prout prout avec leur stylo
sur un coin de comptoir
bavant de la mousse
en regardant les meufs
hé t'as vu
chuis un prout-poète
si tu sais pas lire
je vais te les réciter

L'amour c'est quelque chose
qui rime avec hier
c'est quelque chose qui rime avec
putain je suis seul ce soir
l'amour
c'est quelque chose qu'on regarde en arrière
c'est quelque chose qui fait pleurer des fois
tout seul
dans le noir.

Je suis là
avec mon chien et l'eau qui coule du toit
dans toutes les casseroles
que j'ai traînées jusqu'ici
je reste là
j'écoute la trompette
ascenseur pour l'échafaud
une marche par an
une marche par jour
une marche par seconde
la dernière brûle les pieds
j'y rôtis depuis des mois
j'ai beau être un grand sorcier
qui répète sa litanie
plutôt crever que de crever
plutôt crever que de crever
et puis tiens
pourquoi pas
tout de suite là
maintenant.

Un vieux tableau tatoué
essayait de se vendre au Marché aux Puces
il se mettait la tête en bas pour avoir plus de couleur
il racontait une histoire très longue et très triste
une histoire de combat et d'amour
qui faisait fuir les acheteurs
et pleurer les chiffonniers
son vieux cadre
épuisé par tant de contorsions
rendit l'âme en demandant pardon
un clochard compatissant
se proposa de suite pour l'incinérer
ce qu'ils firent
le soir venu pas vendu
après deux trois picon-bière
le vieux tableau rentrait chez lui
et il disait à ses enfants
rouge de honte
qu'il n'avait toujours pas trouvé de travail.

Je suis monté là-haut sur le noir terril
d'une vie creusée déterrée
avec les ongles avec les dents
mineur de tréfonds
je fume du grisou
je crache mes poumons
ma bonne mine se barre
et c'est au fond de ma gueule que c'est le plus noir
comme le fond du puits sans fond
que depuis trente ans je remonte à tâtons.

Sans passion
sans véritable raison
mes pas traînent la nuit
le long des briques
jusqu'au canal
qui charrie en douce
ses tonnes de merde
Toulouse la nuit
ça pourrait être n'importe où
Toulouse la nuit
mais ça ne l'est pas
Toulouse la nuit
parce que j'y suis.

Alors je traîne la rue
ne desserrant les dents
que pour boire un peu
et oublier beaucoup
que je voulais dormir avec toi
blotti dans tes bras
mais faut croire que je te fais peur
parce que je suis à moitié mort
que je traîne deux cents tonnes de malheur
et que j'ai besoin de quelque chose de fort
trop fort.

Hé vieux chien
t'es bien loin de chez toi
usés effacés les numéros tatoués
comme un téléphone coupé
à grands coups de pieds sur l'autoroute
pourtant tu les aimais bien
y a vraiment rien de plus con qu'un chien
alors dans les poubelles
tu plantes ta truffe affamée
dans les reliefs des repas d'amoureux
qui ne t'ont laissé que la bougie
alors ça t'éclaire le bide
à travers ta peau trop fine
et tes puces ne peuvent plus dormir
et pour se venger te font souffrir.

Cré vingt dieux
va pas faire beau cet été
pas fini de chialer
pas fini de crever à petit feu
dans l'inondation de rancœurs
ou la sécheresse d'illusions
quand juste une étincelle de bien-être
mettra le feu aux foudres de l'angoisse
il n'y aura jamais de canadair
assez grands
pour noyer le mauvais temps.

Ce matin je me suis levé tôt
je t'attendais déjà
le jour allait être long
à savoir
jusqu'au soir
que tu ne viendrais pas
il ne faisait pas beau
et bien sûr
j'avais mal aux dents.

Le matin
donnez-moi un gros flingue
qu'on n'en parle plus
de vous de moi
de cette histoire de merde.

J'ouvre les yeux
rien
dans mon lit
rien
ma chambre vide
rien ni personne
dans mon café
rien
ma tête mes envies
mes espoirs
rien
dans ma boîte aux lettres
rien
chez le dealer
rien
au bout du pinceau
rien
bon
peut-être que je suis déjà mort.

Encore endormi
les yeux pas même ouverts
la bouche pâteuse
je sais déjà
que je t'aime toujours
et je reste là
sans bouger
j'ai pas envie de vivre
ni de me battre encore
dans le vide
contre moi-même
et mon désir obsolète
mais c'est foutu pour aujourd'hui
comme hier
quand j'ai retrouvé cette lettre
où tu disais
que jamais tu ne pourrais m'abandonner
je devrais brûler tout ça
je devrais tant de choses
tuer
un tiers de ma vie
tuer tuer
simplement
sans rien regretter
comme un môme un peu sadique.

Un jour le vent m'a dit
que tu reviendrais
alors j'ai attendu
longtemps
trop longtemps
et jamais tu n'es revenue
depuis
quand je vois le vent passer
je crache dessus.

Le vent
n'a pas de comptes à rendre
il dévaste et détruit
siphonne tant qu'il veut
il mène sa danse
il ne perd ni ne gagne
il avance
qui sait
qui le reverra demain
on compte sur lui
ou il fait peur
mais je sais
qu'il n'est pas mon ami
le vent
tourne.

Dehors les arbres sont nus
à leur pied leurs vêtements jaunis
morts d'une saison passée à trop verdoyer
dehors le vent reprend sa place
distillant son avant-goût
des glaçons qu'il trimbalera demain
mais déjà il perce la peau
violant ma maison pleine de trous
il y fouille chaque recoin
pour y remuer les strates
de l'humus du temps
les déchets d'histoires humides
en suspens dans l'air tourbillonnant
se collent à mon corps et pénètrent mes yeux
et je me souviens
que le vent d'automne n'est que la main de mon père
je suis le fils de l'hiver
et je fais du feu
et je reste devant
et je lui parle
hey toi sais-tu qui je suis
sais-tu que la nuit m'a pris
pour témoin de l'ennui.

Dehors le vent
caresse et dessine les eaux
de rayures hystériques
ce n'est pas que j'aime le quartier
c'est plutôt que j'aime le vent
je hais cette eau
qui coule sous les ponts
et son cortège d'oubli
je hais ce temps qu'elle compte
le vent ne compte rien
le vent passe et brasse
mélange et balaye
il emporte au loin les feuilles jaunies
comme autant de lettres d'amour
pour leur dernier voyage
elles voient du pays
et sous les croûtes et les écorces
le vent s'engouffre
au fond des pores
il y chasse la vermine
et disparaît avec elle
d'un coup.

Il y a du vent là-bas
des arbres qui se tordent
des feuilles qui volent
l'air y vibre d'une tension permanente
claire et limpide
l'air plein de lumière
où se cachent les mouches
et les oiseaux les cherchent
en criant
il y a de gros flocons
qui déroulent leurs lignes blanches
ils zèbrent le matin
de leur chute anarchique
pour recouvrir avec tendresse
la terre froide au-dehors
mais si chaude au milieu
là-bas l'équilibre de tous ces bruits
forme un silence léger
un silence de vie
ponctué d'un battement d'aile
d'une agonie de fourmi
ou de l'accouchement d'une souris
là-bas les vaches se grattent le dos
contre toujours le même arbre
qui résiste en rigolant
mais pas trop parce qu'il a l'écorce gercée
là-bas
tu peux rester des heures
à trembler de froid
sans avoir envie de te flinguer
parce que là-bas t'es un homme
et puis c'est tout
c'est pas comme ici
ici on est tous des chiens

à ronger notre frein
comme un os qu'on lâchera pas
et puis un là-bas
s'il en existe encore
on s'y ferait royalement chier
à être un homme et puis c'est tout
parce qu'ici
c'est pas tout
t'es un homme et t'as mal
planté dans une rue
où jamais racine ne prend
semé là où rien ne pousse
graine pourrie sous la pluie
craquelée de gel
et délaissée des corbeaux
ici n'est pas là-bas
il n'y a plus de là-bas
on est tous ici
et on attend
et on sait
que ça va être long et froid et solitaire
et on attend l'aube en faisant semblant
de ne pas savoir que le soleil est mort
et à investir chaque feu follet qui passe
d'une aura divine
pour peu qu'il te réchauffe la couenne
une seconde
l'espace de leur éphémère
alors on ne dit plus rien
il fait juste nuit
il fait juste froid
il fait juste mal
j'habite ici.

La veille de Noël
je suis sorti dans l'hiver
je pleurais
c'était le vent et le froid
juste le vent et le froid
j'avais un torticolis
comme un signe
de ne plus regarder en arrière
c'était la fin de l'année
fin de siècle
fin de tout
la fin sans fin
j'ai traîné ma carcasse
j'ai chanté
un peu
avec un piano de rencontre
je n'ai pas été
chez les amis
que je n'ai pas.

Je me réveille
tout habillé
j'ai dormi quinze heures
il fait vraiment chaud
et j'ai envie de rien
je pense un peu à toi
mais tout s'estompe
j'ai pas besoin d'amour
ce matin
je ferais mieux d'aimer la vie.

Je connais trop bien
le petit bleu
du petit matin
la dernière cigarette
qui sera pas la dernière
va en falloir de la fumée pour fermer mes yeux
j'irais bien faire un tour
mais elle est sûrement pas là
la femme de ma vie
encore moins sur ce trottoir
et certainement pas à cette heure-ci
et pour un peu qu'elle y soit
j'aurais peur si elle me parle.

Je la prenais par-derrière debout dans le couloir
la télé hurlait la fin de la guerre
elle avait le plus beau cul de toute la terre
elle voulait que je lui morde le cou
mais j'avais pas envie
après c'était plus pareil
toi
la prochaine fois
je te bourre comme un bouledogue.

Ce matin debout tôt
déjà envie de t'appeler
encore un jour à attendre
ça commence à sentir
autour de moi
on me l'a dit.

Deux dans la DS sur la banquette avant
mon vélo derrière
elle pose ses lunettes et coupe les phares
envie de quelque chose
alors j'ai dit des mots
et elle aussi
on a fumé des cigarettes
des pulsions passaient
vroum comme ça
des bonnes et des mauvaises
de celles qui d'un coup gonflent la poitrine
et viennent buter sur la vie
celle qui nous amène ici
au bord d'un canal la nuit
alors elle m'a pris la main
je savais qu'elle allait faire ça
j'aurais bien lové ma tête sur ses cuisses nues
j'ai failli goûter sa bouche
ses épaules et son cou
lui voler tout
me nourrir avec
sa main était chaude
je n'ai pas eu peur
on est resté comme ça quelques instants
la radio ne marchait pas
juste le vent dehors
peut-être elle attendait un signe de moi
peut-être le sien lui suffisait-il
le temps ne s'est pas arrêté
la vie était toujours là
elle m'a raccompagné et nous nous sommes dit
à demain.

Rien à foutre du bout du monde
poursuivi par le fantôme d'une petite bien trop gironde
tous ces pays tropicaux et pluvieux
n'ont jamais réussi aux gars de ma banlieue
je ferai toujours un piètre touriste
je suis définitivement bien trop triste
putain de bordel de merde
jamais moyen de se perdre
mon île à moi est à Paris
et je m'y baigne dans son mépris
tellement salé tellement j'y pleure
putain j'ai mal au cœur
si loin si près de la douleur
et ta sœur reprennent les crabes en chœur
je bois du cognac pour changer du rhum
et là tout au fond ça grogne
et le cafard dérape sur la sueur
bonjour l'odeur
et le vent chaud et la pluie tiède
et je me sens beau et j'en crève
c'est pas ce soir que je saurai faire des sourires aux filles
la même histoire partout même aux Antilles
mais dans une chambre d'hôtel
la solitude est plus cruelle

je fume des clopes je change de marque
je souffle et j'enfume les Blacks
je pense à toi ça fait dix ans
que j'ai pas vu sourire tes petites dents
que j'ai pas senti ton haleine fromage
et que tous mes sens sont en cage
hier j'ai rêvé tes yeux silence
comme tous les jours quelle engeance
et je remplis mes calepins
et je ronge mon frein
je déroule ma ligne j'allonge mes rimes
à quoi ça rime j'ai mon rimmel qui coule
un pauv'con dans la foule
à qui tu dis même pas bonjour
quand il vient te voir au Tourtour
un pauv'con encore bourré
qui se couche encore déprimé
rien à foutre
du bout du monde.

J'ai serré contre moi
le monde entier
j'avais chaud et la bouche sèche
j'ai eu très peur
je me sentais presque bien
je n'ai pas bien compris
je n'ai pas cherché
je ne sais plus
tu es là
juste derrière
la chiourme
le vent frais sous la porte
de glace et de tôle
qui me rappelle du dehors
à la vie des hommes
et j'ai laissé ma tripe
flotter dans la fumée
qui sortait de ta bouche
douce et tendre
j'avais encore sur le dos
ma défroque de givre
par-dessus mes envies
soudées à ton haleine
je n'ai pas dormi
cette nuit-là
toi non plus.

Alors c'était un jour
et même c'était la nuit
un peu après la pluie
je traînais là sur un trottoir
comme d'hab' tu diras
et tu vois je pensais encore à toi
je regardais les gens passer
ils avaient l'air tous plus cons
les uns que les autres
mais moi j'étais encore plus con
parce que j'étais
un con tout seul
tu m'avais dit un jour
que tu m'aimais
ça fait bien longtemps
ce ne devait pas être vraiment toi
mais moi j'y étais
j'étais même encore vivant.

Des seins
des fesses
des yeux qui ne lâchent pas
des mains sur ma peau
des corps entiers
livrés abandonnés
en attente
d'une caresse
des seins
des fesses
des clitos tout chauds
des lèvres humides
et glissantes
qui m'avalent
et boivent ma déprime
acide et salée
des bras
des cuisses
des kilomètres de peau
douce et fraîche
offerte au tourment
à la tempête de boue
des paupières fermées
des seins des fesses
des sexes des sexes
des livres ouverts
des bouches tendues
des gorges rauques
des coups nus des épaules pointues
un cœur qui attend.

Il y a des putains de cafards
qui te lâchent jamais
même avec toi chérie même avec toi
il y a des histoires présentes pour toujours
qu'aucune autre ne pourra effacer
pas même la nôtre chérie pas même la nôtre
il y a des plaisirs
qu'on ne retrouve jamais
même dans ton ventre chérie même dans ton ventre
il y a des yeux que l'on n'oublie pas
hé chérie
pourquoi tu me regardes comme ça.

Deux corps allongés
se parlaient en silence
mot par mot
sans se toucher
te souviens-tu dit l'un
on était frères
et on se battait
avec furie
sans se faire mal
je me souviens dit l'autre je me souviens
et ils se turent
la nuit était fraîche et impassible
et veillait les deux corps étendus
comme deux lacs immenses et calmes
dont on devine les remous vaseux du fond
où l'écrevisse religieuse sans pitié
tronçonne les têtards handicapés
tout au fond
l'eau était rouge
mais dans le noir
on ne voyait rien
deux corps étendus
fanures de nénuphars
sur le reflet bleu corbeau
qui fuit le petit matin.

Devant moi
de tout SoN petit long
Un fantasme mOrt
espoir raMPant
juStE SuRvivAnT
j'écoutE le Bruit
Des paupières Qui penSEnt
devAnt Moi
loiN.

Des fois je fume du haschich
je pense à cette fille
je suis sûrement un peu amoureux d'elle
mais je n'irai pas la voir
je me sens sale
alors je reste avec mon chien et je peins.

Est-ce que tu crois qu'on a de la chance
accrochés qu'on est
aux fardeaux de notre histoire
comme les statues dans les squares
à leur fiente de pigeon
le cellophane me tanne
et au bout de ma bite
le désir habite
de cracher mon venin
au fond bien au chaud dans ton vagin
je me sens d'humeur assassine
chérie méfie-toi de ma pine
tout ça n'a rien d'un vain discours
avec moi tu peux enfin mourir d'amour.

J'AI CARESSÉ TOUTES LES MONTAGNES
GOÛTÉ TOUS LES PARFUMS
DU MAROC ET DE KABYLIE
DU MAGREB TOUT ENTIER
SANS SORTIR DE PARIS
À MORDRE À PLEINS CHICOTS
LES YEUX LES BOUCHES
J'AI VIOLÉ MILLE MOSQUÉES
DE MON SEXE INFIDÈLE
PENDANT DES HEURES DES JOURS DES ANNÉES
À RESPIRER LEURS CHEVEUX NOIRS
REBELLES.

Je l'ai prise là dans les moustiques
sur les cartons de l'usine à son père
éclairés par les phares de la bagnole à son mec
qui chialait sa mère loin là-bas.

Il faudra bien qu'un jour
il suffira d'une fois
ce jour pour toujours sera le dernier
je pense à la dernière fois
où j'ai vu tes yeux
là en face de moi
me disant adieu
moi qui croyais
que ça n'arriverait jamais
il faudra bien qu'un jour
mais le courage me manque
il suffira d'une fois
que pour la vie
par force je t'oublie.

Je ne te devrai jamais rien autant
de tous les tableaux que tu m'as montrés
et tous les mots auxquels tu voulais que je m'intéresse
de tous les gestes et la tendresse
je ne te devrai jamais rien autant
que cette barque qui fendait l'eau bleue
en faisant jaillir
des putains de poissons volants.

Si tu savais
combien j'aime la vie
quand je regarde tes yeux
même s'ils disent adieu
si tu savais
combien j'aime la vie
à en mourir.

J'ai vu une fille aujourd'hui
qui m'a montré que je ne suis pas mort
je l'ai vu dans ses yeux effleurant les miens
je l'ai vu dans son sourire si beau
qu'il paraissait être né
avoir grandi et marché jusqu'ici
pour me plaire
pour que se gonfle ma poitrine
pour qu'enfin mon corps et mon âme
se retrouvent d'accord dans la même direction
le même élan intérieur
mais je n'ai pas bougé
j'ai un peu souri
ma bouche ne disait rien et laissait parler mon regard
furtivement posé sur sa bouche
comme au bord d'un gouffre
où si on se retenait pas
on plongerait avec délice
au fond il fait chaud
au fond il y a l'oubli
au fond
le repos
alors j'ai sorti une ligne déroulée sur un papier
un bout de moi posé là

que j'ai tendu et qu'elle a pris
le gardant en main n'en sachant quoi faire
et elle est partie
accrochant un sourire sur ma joue
j'ai pensé à elle toute la nuit
j'ai serré dans mes bras
son image vivante
et je sentais déjà m'envahir sa douceur
je n'étais plus triste
à croire que même si on en doute
Paris finit toujours par accoucher devant tes yeux
de ce qui n'existait pas
ce qui n'existait plus
et là comme ça en un instant
tout peut recommencer
ça ne s'est pas passé
mais ça aurait pu
j'ai pensé à elle plusieurs jours
et son image se troublait
enveloppant ses yeux sombres
d'un brouillard inquiétant
je ne savais plus si j'avais rêvé
pince-moi
je suis retourné au bar
et j'ai attendu
sûr qu'elle ne viendrait pas
juste pour voir si moi j'y croyais
mais je ne sais plus
j'ai bien trop envie d'y croire pour que ce soit vrai
et puis elle n'est pas là et puis elle s'en fout
elle est chez elle avec son mec
à pas avoir besoin d'un toxicomane pestiféré
pour lui apprendre la mort avant l'âge
et du coup je me demande

qui pourrait bien avoir besoin de moi
sur cette terre de merde
il n'y a plus que des boîtes pour chiens
dans les rayons vides de mon supermaché aux espoirs
et même si elle débarquait d'un coup
venir respirer dans mon cou
y accrocher ne serait-ce qu'une attente
à mes lèvres pendantes
et que jamais ses yeux attentifs ne se détournent de moi
et que je me laisse aller
à oublier qui je suis
et l'impasse au bout du carcan
ce serait le premier mensonge
la première faiblesse
le premier grain de sable dans la capote
croire est toujours la première erreur
tendre la main
c'est comme poser sa tête sur le billot
vouloir aimer
c'est tendre la peau pour que le fouet la déchire
je le sais
je devrais lui dire
sauve-toi petite
si je te grappine tu vas en prendre plein ta gueule
alors ça me fera mal aussi
je ne sais plus
si je suis un ange ou un salaud
tout se mélange
il n'y a plus que sauver sa peau
se débattre
et écarter les bras pour pas se noyer
ce matin en ouvrant les yeux sur le plafond
j'ai pleuré
j'avais soif d'amour

j'ai bu mes larmes
le mouvement perpétuel
je revois cette fille
son teint pâle
ses yeux noirs et ses cheveux d'un côté hop de l'autre
éclairant ses tempes aux regards
pour qu'ils glissent mieux dans son cou
je revois cette fille comme si c'était hier
et je sens encore tout mon corps à retenir
de se projeter contre elle
alors je retourne là-bas chaque soir
en espérant la revoir
juste savoir
si c'est elle qui me manque à ce point
que j'ai envie de hurler dans ce bar
où je connais tout le monde et surtout personne
je me sens criblé d'une ferraille brûlante
qui brûle mon âme et consume mes espoirs
à mesure que mon verre se vide
alors repoussent mes oreilles et ma queue
et j'aboie dans l'arène de mon propre désir
et mes yeux cherchent déjà l'ultime muleta
celle qui ne rigole pas
avec planquée derrière
la mort sure effilée
gracieuse comme une gazelle
et froide comme son silence
et j'ai tellement mal que je l'attends
la cascade d'estocades
qui lavera mon corps de souillures de l'échec
mais je ne suis qu'un chien qui se prend pour un toro
et les habits de lumière ne tireront jamais gloire
à me faire toucher terre
ni une ni deux ni trois passes

et encore moins le coup de grâce
et la fanfare de fantômes a remballé ses violons
d'ailleurs y en a jamais eu
dans ce genre de piège à cons
alors j'y suis retourné
mais je n'attendais plus
au Tourtour j'ai retrouvé ma guitare
qui elle m'attend tout le temps
et seul dans le théâtre à cinq heures du mat'
j'ai chanté pour les fauteuils
si cette fille avait été là
je lui aurais fait la totale
sorti le grand jeu rien que pour elle
et ça aurait fini les yeux dans les yeux
dans le pourpre de la salle
peut-être que j'aurais tendu ma main vers sa joue
peut-être que ses yeux une seconde se seraient fermés
en signe d'abandon
pour se rouvrir sur moi
accompagnant le cadeau de sa bouche
sûrement que j'aurais eu peur déjà
que la vie me la reprenne de suite
qu'encore une fois l'instant soit vain
pour demain
ça aurait été beau putain
mais c'est seul que je dors
sur la scène du Tourtour
et sur mon lit de fortune
je rumine la misère d'amour je coupe les phares
et je reste là dans le noir à chanter a capella
l'histoire sans fin
de l'homme qui attendait quelqu'un.

À Vitry-sur-Seine
en haut d'une tour
tout en haut
de la poussière
pas vraiment la misère
y a un truc qui palpite
y a un truc qui vibre
un p'tit corps tout frêle
et tellement puissant
un petit sexe tout mouillé
et des grands yeux secs
ça aurait pu être le contraire
ça aurait pu n'être qu'une tête
dans une forêt de fenêtres
qui regarde en bas avec envie
ça aurait pu
mille clichés
mille histoires déjà vécues
mille passés moites
sans futur véritable
et des envies trop folles
pour y croire vraiment
mais rien de tout ça
à Vitry-sur-Seine

je suis monté là-haut
sans trop y croire
de la mort plein les poches
les yeux pas bien ouverts
doucement dans la gueule
j'ai pris la leçon
celle que l'on donne
aux petits bourgeois comme moi
comme une fessée attendrie
derrière une façade raffalée
j'ai senti avec mon nez
touché avec les doigts
écouté avec le cœur
un truc très simple
que j'avais oublié
à Vitry-sur-Seine
en haut d'un bloc blanc crémeux
sous une tignasse brune
taillée à coups de pétard
j'ai rencontré la vie.

Au restaurant elle me dit fais-moi un dessin
alors je commence par le temps cassé
qui dégueule ses rouages et ses ressorts
je lui colle un homme triste et manchot
puis un viaduc avec un train à vapeur
le train de la mort
puis la pensée du manchot
une femme aux longs cheveux sur une planète en biais
alors j'ai fait un coin avec des murs
une fenêtre avec le désir planté derrière
je lui dis le désir il est toujours dehors
alors un corps de femme vient se mélanger aux murs
un homme plus bas mange la fumée de sa cigarette
puis un chien vient se lover sur tout ça
j'ai oublié de parler des cafards sur la planète en biais
une tasse de café qui fait de la fumée
une petite cuillère un couteau
le tout sur une nappe à carreaux
je lui dis ça marche à tous les coups la nappe à carreaux
alors je regarde tout ça
je trouve ça pas mal
mais je sais qu'elle ne peut comprendre
alors pour ne pas rester sur un échec
je saute sur la première image simpliste que j'ai de son réel

et je termine le dessin par sa petite voiture rouge
elle prend le dessin
ne dit trop rien
et découvre alors le dessin de son Austin
ça lui plaît
elle déchire le dessin
et ne garde que ça
sa petite voiture rouge
avec un petit bonhomme ridicule dedans
qui rigole.

Allez mon gars traîne tes savates
et pleure ta mère
tu sais même plus pourquoi
ou tu sais trop bien
toujours la même histoire
le désir l'ennui
et au bout
la mort
allez mon gars reste vivant
prouve que t'es un homme
à qui et pourquoi
te casse pas la tête
fais comme si de rien n'était
même si t'y crois plus
même si tout t'enfonce
chaque jour un peu plus
allez mon gars
personne ne peut rien pour toi
personne ne veut rien pour toi
mais tu disais dans le temps
que ta force était d'être seul
tu en disais des choses
avant.

Ce soir-là
j'étais beau
très beau
je marchais dans les rues
seul comme un rat
il faisait chaud
trop chaud
rien à fumer
et pas envie de boire
ce soir-là
j'étais vivant
et ça faisait mal
je t'aime toujours.

... Je me dois d'un poème...

Textes inédits

Coin de rue

C'est juste un coin de rue.

C'est là qu'on est. Y a pas à aller loin, juste là en bas de chez nous, on joue au foot derrière le dos-d'âne, juste après le virage. Il y a là une grande grille d'usine et son entrée que personne n'ouvre jamais. On est là, on joue au foot. La grille c'est le but. Le but de toute une vie. Des fois je ne sais pas si je grandis, si les autres rapetissent, on est tous là, de toutes les tailles, de la même couleur, depuis toujours. On joue au foot, on marque des buts, chaque jour, des heures durant jusqu'au soir. Notre but à tous il est là. Je ne sais pas si on devient bon, je ne sais même pas si on s'amuse encore. Mais on a un but. Y en a, sur Pantin, ils ont même pas ça.

Les filles elles restent plus loin, le cul sur le porche de l'immeuble, elles trimballent des poussettes en plastique de toutes les couleurs, elles font leur truc.

Toute la journée les voitures défilent et ralentissent pour le dos-d'âne, puis pour nous, on fait partie du décor. Pour un peu bientôt il va y avoir un panneau de voirie avec « Tu veux ma place ? Prends mon but » comme pour les handicapés. Ça devrait les décourager.

Nous on s'en fout, le ballon il roule, il vole, il joue, il nous emporte, les voitures on ne les voit pas.

Faut juste faire gaffe aux vélos, eux on ne les entend pas venir. Ça fait treize ans que je suis là, en tout cas j'ai treize ans, et d'aussi loin que je me souvienne, on joue au foot.

Ils ont ravalé la façade l'année dernière, maintenant c'est jaune pâle, j'aime bien, ça ressemble aux photos à la maison sur le mur, tous ces bateaux jaunes, rouges, bleus et verts, et ces gens qui sont autant noirs que moi, qu'on me dit tout le temps que là, c'est N'nbé «mon oncle» et toute une smala de frères à lui. Mais ça me fait une belle jambe : tonton il m'envoie jamais un poisson. J'y ai jamais été là-bas, nous on est ici. On joue au foot. On a un but.

Des fois je suis fatigué. Je reste là assis sur le trottoir, je regarde jouer les autres, je crie autant qu'eux. Pour pas qu'ils m'oublient.

Ils sont si beaux. Je ne crois pas leur avoir jamais dit. Il n'y a rien de plus beau que mes amis.

Quand Bossoko rigole, qu'il est en face de moi, là, il y a comme un truc entre ses lèvres, comme une rangée de lumières, des petites fées blanches qui jouent du djembé en se tortillant. Il y a toute cette musique qui sort de sa bouche à chaque instant, par tous ces éclats soudains qui remplissent l'air, le ciel, la rue et le but tout entier. Quand Nkomé s'élance, lui, il vole, c'est un fils de gazelle, c'est dingue les bonds qu'il fait, il est monté sur ressorts. À tel point qu'emporté par son élan, la plupart du temps il rate le ballon. Ses jambes si tu les peins en vert, tu le confonds avec un cricket.

Il n'y a que ça de musclé chez lui. En plus avec ses grands bras tout fins et tout ballants, il fait vraiment mante religieuse. Un jour il va nous croquer la tête.

Il fait beau là. De toute façon il fait beau tout le temps, même quand c'est tout pourri l'hiver. Il fait beau parce qu'on est là, tous ensemble. C'est pas compliqué, quand il fait gris on sort le ballon jaune, et c'est sous son soleil qu'on va de toute façon mouiller le maillot. On n'a jamais fixé les équipes pour une bonne raison : on se prend tous pour le meilleur. Considérant cela, faire un choix parmi les potes c'est toujours vers le moins pire, un peu comme une résignation. Mais le joueur du jour, celui qui aujourd'hui brille de toutes ses vannes à chaque but, de chaque cri sauvage, espiègle et naïf, celui qui marque par le plus grand des hasards avec le bout du pied gauche, après avoir trébuché, comme un vrai Zidane, le lendemain tout le monde le veut.

Aujourd'hui, c'est Niembaké le roi. Il a la grâce. Il est partout, en sueur, ça dégouline sur sa peau, du front jusqu'aux chaussettes complètement ramollies et pendant lamentablement. Mais rien ne l'arrête. Il est bien noir pourtant, mais il arrive à être tout rouge sous ce cagnard de juillet, hurlant, trépignant, volant au-dessus des autres à grandes enjambées affamées. Son sourire, je l'échangerais même pas contre un autographe de Karembeu.

En face du but, eh bien c'est le mur d'en face, un bon mur bien de chez nous, en plaques de béton, long comme un jour sans but. C'est comme le ciné, enfin je dis ça parce qu'on n'y va jamais au ciné, alors j'imagine. Au cinéma les plaques de béton s'animent pour danser en crachant de la lumière, le cinéma ça fait entrer les trains en gare pour faire peur dans la salle. Nous, les trains ils sont là aussi, derrière le mur, je sais pas combien de fois par jour. On s'en fout, on a jamais compté, on compte les buts. Et moi je ne compte plus les films sur ciné-béton. Il y a toutes les équipes d'Afrique en mouvement pour défier notre but. C'est haut en couleur, ils ont la rage car notre réputation arrive jusqu'au fin fond des savanes, là où la tribu des pieds-de-béton joue au foot avec des noix de coco. On les attend. De pied ferme.

Tous ces gens qui passent dans leurs bagnoles, ils ne voient pas le film, ils ne voient rien, sauf le ballon qu'ils fixent avant d'en chercher un de nous des yeux. Mais ils ne trouvent personne, on est tous là mais pas lui, même pas il existe. Il voit pas le but, il voit pas le film, il ne nous voit pas, nous. On est tranquille, depuis treize ans, je crois que personne ne nous a vus, c'est juste notre réputation qui, attachée à nos cris de victoire, parcourt le monde. Là, la végétation qui pousse et déborde du mur nous offre le grand Zambla avec son boy, un réveil autour du cou comme un rappeur des Quatre Chemins, ce sont mille petits singes qui dégoulinent vertement, applaudissant les buts de Niembaké. On est à Pantin, le centre du monde, personne ne sait la chance qu'on a. Mais on est là à la vivre, tous ensemble, et on le restera, toujours. Un jour la grille du but sera plaquée or et ornée de tous les masques d'Afrique, les entraîneurs du monde entier viendront espionner nos techniques. Et ces enfoirés tu verras qu'ils en apporteront des poissons, des tonnes de poissons, là, sur le trottoir, éclatants d'écailles aux formes mystérieuses et fantastiques, des trucs jamais vus, même pas chez Leclerc, là-bas de l'autre côté de la « frontière ». La frontière c'est le canal, d'après l'aigri du fond de la rue Cottin, qui arrête pas d'ouvrir sa fenêtre et qui gueule qu'après la destruction du mur à Berlin, maintenant il veut qu'on rebouche le canal à Pantin. Paraît que de l'autre côté il y a la même caractérielle que lui, mais elle, elle veut le transformer en douves pour ses fortifications. Ils seront morts avant qu'on ait fini, avant qu'on soit parti, la grille c'est pas leur but, ces gens-là, l'astiquent dans leurs têtes et ne font plus rien avec.

Des morts y en a tous les jours, tiens, là c'est midi, quelqu'un meurt sur Pantin, c'est ce que je me dis quand les nuages sur le mur d'en face baladent des ombres noires qui l'escaladent, les unes après les autres, en douceur, les ombres montent à l'assaut du mur, au rythme du petit vent tiède. C'est tout Pantin qui crève, qui s'envole, comme des raies, battant lentement des ailes au fond des mers.

Le vent, la ville, le mur, la frontière, le but. Tout ça respire, engloutit chaque son dans un autre, comme une course avec un premier qui ne l'est jamais, rattrapé, éternellement doublé par les autres. Les sons se tirent la bourre, et il suffit de penser ça pour que les pompiers du bout du mur s'essayent à leurs sirènes. Tu mets tes mains devant ton visage en forme de hublot, tu regardes le mur, les raies qui dansent, bien noires dans la lumière et tu entends la sirène du bateau, celui qui amène des poissons fils d'éléphants, aux défenses fluo, en chantant l'hymne du but pantinois, toutes trompes dehors, ruisselant de joie de toucher la terre promise. Tout le monde nous envie, de Pékin à Tombouctou, et pourquoi ? Parce qu'on est là, tous depuis le début. Sans nous, soudés par le but, il n'y aurait rien. Juste les camions poubelles transportant le vide puant des morts. Plus rien, plus de cinéma, plus de raies, plus de port, plus de frontière. Il n'y aurait que les murs de Pantin, pour garder les histoires non vécues de tous ces morts qui roulent, en fixant le ballon.

La partie s'arrête sur un dernier but. Ningouma l'a pris en pleine tronche, c'est comme ça qu'il goale lui. Mais à chaque fois ça le fait marrer, parce que quand il y en a un qui rigole, tout le monde rigole. Il vient vers moi, s'assied et je lui dis :

— Tu viens voir la séance de midi ? Aujourd'hui le film c'est les chevaliers noirs en cape, à l'assaut du roi Arthur,...

Et je rigole déjà.

— T'en es encore là toi ? Mais débranche mon vieux, le film du mur c'est tout ce que t'as pour pas te faire chier, comme quand on était petit ?

— Pas toi ?

— Mais tu rigoles, j'en peux plus de Pantin, j'attends la fin de l'année, et puis à la rentrée je me casse en apprentissage à Melun, j'en peux plus d'ici moi, t'en as pas marre toi ?

Là il se lève et s'en va.

Je suis là, le vent, le mur, les nuages, la frontière. Le but.

On est tous morts.

Le cri du mur

À force de marcher le long des quartiers murés, morts à jamais, on finit par se murer soi-même un peu comme celui qu'on imagine là, derrière la fenêtre en parpaing, oublié, condamné, les ongles en sang à se creuser la tête, qui se demande comment il va s'en sortir. La vie est dehors. Juste derrière le mur.

La force

La force c'est savoir crever. La force c'est pas dormir la nuit. La force c'est sans espoir. La force ça se démultiplie. La force vous y croyez. La force tu m'étonnes. La force c'est d'être beau. La force c'est l'envie. La force c'est conceptuel. La force c'est les Indiens. La force c'est le bout du doigt. La force c'est ouvrir les portes. La force broie du noir. Amène la gloire. La force c'est dégueuler en rigolant. La force c'est enculer les mouches. La force c'est l'écorce. C'est être à pied. La force c'est bon. La force c'est vrai. La force c'est viser juste. La force la grosse astuce. La force c'est dessiner de la main gauche. La force c'est que j'te veux. Ma force c'est l'ennui. La force c'est tranquille. La force c'est les Chinois. La force c'est un créneau. La force à la vanille. La force drogue. La force mange de l'ail. La force me tue. La force c'est toujours. La force c'est toutes les chaises. La force c'est du raisin. La force mange ta main. La force c'est d'être con. La force ronge le frein. La force la grosse éponge. La force c'est le sang des saignées. La force c'est du sang dessiné. La force c'est ta mère. La force c'est le désert. La force c'est la question. La force c'est une musique. La force deux qui la tiennent trois qui la niquent. La force c'est tout petit. La force c'est décrocher. La force c'est tenir.
LA FORCE C'EST NE RIEN CROIRE.

Noir fusain

Par une nuit de longtemps j'ai tendu cette toile
Et j'ai torché le fond avec du noir qui n'a jamais séché
Alors tous les matins j'aimerais bien foutre un coup de jaune
Une grande claque de rouge
Me faire peur jusqu'à même jeter du vert
Mais ma palette se noie dans le fond glouton
qui rend fou
Et je cogne de la tête et du corps et je me noie presque aussi
Alors le goulot se disperse et je reste là un moment
J'ouvre les yeux sur mon image
Je me regarde
Je suis noir
Ai-je vraiment bien cerné le problème
Sur cette blême toile qui me dévoile
Y ai-je vraiment jeté tous mes contrastes
Toutes mes noirceurs toutes mes lumières
Ai-je bien tendu mon cri
Planté sur son châssis
Apprêté de blanc comme pour un mariage

Une nouvelle mémoire glissant sur du pastel gras
Une nouvelle vie crissant au bout des doigts
N'y a-t-il pas bien plus que des mots
Au cœur d'un mouvement qui meurt d'une couleur
Faisant naître son immobile vivacité
Tangos tons sur tons patinant de torrides glacis
Et moi buvant dans tous les verres
Ai-je vraiment goûté tous les rouges
Pour bleuter chaque petit matin d'un grand rire jaune
Ai-je vraiment découvert le spectre entier
Trouvé matière à refaire surface
N'ai-je pas tracé de trop longues lignes de fuite
Pour une si petite perspective
Car je n'ai pas trouvé la couleur qui n'existe pas
Qu'aucun œil n'a jamais pu voir
Alors coule de ma main
Le mince filet de noirceur
Le sang du fusain comme évadé de mes doigts
Qui se transporte au gré de mon fantasme
Roule et déboule sur le cri du blanc
Dans ses volutes et ses fastes
Il s'enroule aux sentiments.

Buttes Chaumont

Ce n'est pas le jour qui se lève alors c'est moi
J'enroule les volets autour de mes bras et Paris s'allume
Blanche avec ses grues rouges
Les Buttes Chaumont de leur petit capuchon désert surveillent le dégel du bassin
Elles attendent un cygne ou le retour des canards
Mais Les Buttes Chaumont s'en foutent comme de tout
Elles savent qu'elles passeront l'hiver
Peu leur importe que la lumière ait choisi le blanc pour illustrer le froid méchant
Et puis moi aussi je m'en fous
Chez moi j'ai bien chaud
Et puis d'ailleurs la nuit tombe déjà
Il va falloir remettre les gants et me pendre à une des quatre cordes pour la nuit
Le retour en boxe du paradoxe à qui je dois mon quotidien combat
Je vais encore vivre de mon malaise
Ne jubiler que de ma souffrance exprimée ne rien faire ne plus bouger

Laisser le blanc me quitter à mesure que monte la nuit
Je vais rester là à respirer des heures le souffle de ma revanche
Dont j'ai perdu jusqu'au souvenir de l'origine.
Alors au loin Les Grands Moulins de Pantin se laissent bouffer par la brume
Les néons se réveillent au-dessus des bagnoles collées les unes aux autres
Comme une grosse chenille aux yeux qui brillent
Petit à petit c'est toute la ville qui clignote des rebuts de Noël
Qui tristement pendent encore dans les rues
Comme autant de cordes à linge étalant leurs slips lumineux.
J'ai laissé les cris les voix les sonneries s'étouffer dans le répondeur
Je n'attends pas de nouvelle
Il y a si longtemps que je n'attends rien
Les histoires du monde ne seront jamais la mienne
Pourtant je suis bien comme les autres à aimer ce que je n'ai pas
J'ai encore rêvé cette nuit d'une femme sans queue ni tête
Nous avons parlé un peu pendant que je me disais qu'elle avait vieilli
J'écoutais sa douce voix pensant que si je restais là
Je deviendrai aussi vieux qu'elle.
À l'autre bout le Sacré-Cœur a disparu
Comme si la ville voulait échapper à mon regard
Ses merdes de chiens ses pigeons ses combats perdus en silence dans ses entrailles

Je regarde trépigner ses artères comme un serpent qui aurait la chiasse
Une marée de chair vendue dans le froid des Maréchaux
Cette ville de merde là devant moi samedi soir
Qui va secouer sa joie dans la sueur et la musique
Des heures durant jusqu'au petit matin d'hôpital
C'est peut-être là qu'on se retrouvera cette ville et moi
Chez ces enculés de toubibs et leurs armoires pleines de science
Ces abrutis sont bien capables de me sauver la vie
Sans se demander le goût du cadeau
Mais ils auront bien du mal à soigner les gueules de bois les gueules de plomb
Les gueules de béton
J'aimais tant cette ville de devoir la quitter
Il était si facile d'être un ange le jour de l'ouverture de la chasse
Que vais-je écrire de cette vie nouvelle étalée devant moi
J'avais préparé mon lit de suaires de satin brodés d'avance aux mots de mon histoire
Mais voilà qu'elle s'étiole mon auréole de surpris
Alors ma jeunesse fuira lentement comme tout un chacun
Par les trous de ma vieille couenne comme des pets foireux
J'aurais voulu être le fils du vent et caresser cette ville de mes humeurs
Tantôt froides ou suffocantes
Surgir et lécher d'une langue acidulée les jardins secrets de Barbès à Chinatown

Et même tous les quartiers où je mets jamais les pieds
Et puis je serais parti comme une navette Challenger
Alors mes cendres retombant sur terre auraient dessiné mon visage
À chaque averse traversée d'un rayon de soleil
Pourquoi ne suis-je pas mort hier avec toutes ces mains posées sur moi
Ces milliers de bras ne m'ont-ils pas serré assez fort
N'étaient-ils pas sur le quai par centaines agitant leurs mouchoirs
N'ai-je pas vingt fois répété mon adieu.
Derrière moi la télé sans le son me baigne de ses couleurs et de ses flashs rapides
Je n'ai pas besoin d'écouter je sais qu'ils parlent de moi
Ils attendent de voir ce que je vais bien pouvoir faire sans courir
Et devant la gerbe d'étincelles ils croient que je freine
Mais ce sont mes dents qui grincent.
Tous là à se dire qu'il va bien falloir que je descende de là
Que je les affronte tous encore
Ils m'attendent de leur amour ou leur mépris avec leurs yeux leurs oreilles
Ils comptent sur moi
Pour vivre avec eux
Je suis bien dans la merde
Je regarde cette ville que je ne vois pas et mon souffle se dépose sur la vitre
Il est rouge du giro de la fourrière qui s'active en bas de l'immeuble
Je pourrais d'ici foutre le feu aux Buttes Chaumont

Des giros il y en aurait de toutes les couleurs
Et des Superman qui courent dans tous les sens coiffés de leur casque de lumière
J'aime bien les pompiers
Mais tout le monde aime les pompiers
Et puis il fait bien trop froid dehors pour que quelque chose s'allume
Et puis demain j'aurais trouvé ça moche.

Le chien rouge

Un chien rouge qui court les rues
Dévalant ses babines se mord la langue et s'enrage lui-même
Il mâche et remâche encore
Aboyant son sang aux caravanes des dieux
Comme le bâton de Moïse il rougira les eaux il rougira la ville
Le chien rouge qui court les rues
N'a d'amis que ceux qu'il a perdus
N'a de regrets que pour ses chicots restés plantés dans les marigots d'amour
Il va marchant quatre à quatre
Piétinant de toutes ses pattes les huit tétines de sa mère

Le chien rouge qui rugit le tonnerre
Crache sa lave comme un furoncle de la terre
Il répand ses cendres au fin fond de la lumière
Et déchire le jour de ses crocs noirs
De son haleine de soufrière
Il crache ses mots comme on jette des pierres

Le chien rouge n'a d'aventure
Que sa tête de plus en plus dure

Le chien rouge qui court les rues
N'est d'aucun pays où se nicher
Il ne sut jamais vraiment
Si c'était de la fuite ou du rentre-dedans
Jusqu'où sa langue pourrait pendre
Toutes ces choses contre quoi se défendre
La gueule trop sèche pour se lécher
Trop pressé pour bien s'épouiller
De la vermine qui court ses poils
Il se couche sur la ville comme un voile
De sa queue d'incendie il ravage les pays
Il agrandit chaque jour sa spirale fatale
Et engloutit le monde dans son tribunal
Il n'a jamais su
Où son esprit s'était-il perdu
Il s'entête à courir sans sa tête
Que vaut la raison lorsqu'on est une bête

Vint un jour sans savoir pourquoi
Le chien rouge fut très las de tout ce trépas
Il enfila une enveloppe de peau
La peau d'un homme dans laquelle il se sentit
un chien nouveau
Peut-être qu'ainsi la vie pourrait le surprendre
Il avait des mains il ne restait plus qu'à les tendre
Mais le chien rouge n'avait qu'une pensée
Celle-là même qu'il eût fallu oublier

Un amour coupé trop court
Et son destin trop lourd à porter
Il avait beau avoir l'air d'être humain
Au fond de lui-même il n'était qu'un chien
Alors en lui le feu reprit
Qui fit fondre la peau nouvelle
Cette peau qui ne lui avait rien appris
Juste la trace d'un vide cruel
Il repartit en chasse bondissant sur son cri
Explosant de toute sa masse chaque mur devant lui

Le chien rouge n'a de raison d'être que la fureur de sa quête
D'un monde entier qu'il pourrait réchauffer
Alors qu'au milieu des flammes et de sa fumée
On ne compte plus les pays dévastés
Les terres brûlées sans y croire
Sans même s'en apercevoir
Le chien rouge n'a pas d'oreilles
Ventre affamé n'a pas son pareil
Pour rester sourd aux humaines caresses
Il se nourrit dans les poubelles
De boîtes en fer pour son cœur de pierre
Résidus de la ville et de ses prières
Il rogne les fragments d'amour
Abandonnés au fond des cours
Il en arrache chaque sentiment
Mais jamais ne s'en repaît vraiment
C'est alors que la colère le reprend
Sur le pavé qu'il rend brûlant
Il ouvre en grand ses yeux chauffés à blanc

Il cherche sa victime son prochain crime
Une chair à enlacer jusqu'à la lacérer
Du sang à faire bouillir juste pour s'en nourrir
Il bondit dans le troupeau
Et massacre plus qu'il ne lui en faut
Il écrase et déchire les corps de ses lourdes pattes de feu
Il arrache les cœurs
Et rendu fou par l'odeur
Se vautre dans le sang
Remplissant sa gueule de néant
Son orgie finie il repart droit devant
Abandonnant derrière lui la ville engloutie
Dans les flammes les larmes et les cris

Un soir sur son tumulus
Il se retournait sur ses tumultes
En suivant des yeux le rouge sillon de sang
Qui enflamme jusqu'à l'infini
En racontant sa vie
Alors profitant de ce court répit
La terre entière se liguait contre lui
Et se retournant sur son avenir
Il crut un instant voir venir le pire
Se dressait une armée bardée de déni
Jusqu'à la gueule bourrée de mépris
Alignant ses robots et ses pauvres propos
La peur au ventre comme motivation
Elle porte en elle l'échec et la soumission
Il aurait pu d'un grand rire de chalumeau
Balayer d'un coup ces fourmis inquiètes et désuètes

Leur maigre défense s'agitant dans la démence
D'une grande panique cherchant cohérence
Mais il profitait un peu du spectacle
Pour une fois que c'était pas lui le maître de cérémonie
Il aurait pu s'il ne l'était déjà
Rougir en voyant tout ça
En son honneur un tel branle-bas de combat
De tous ces branleurs en contrebas
Alors il descendit d'un pas tranquille
Chatouillé par les assauts fébriles
De leurs piètres petites charges explosives trop peu incisives
Leurs petites flèches mal emplumées et leur balistique dépassée
Les petites piques qu'ils tiennent le doigt en l'air
Croyant faire la guerre

Quand il en eut marre
Il les remercia du fond du cœur
Son cœur encore plus chaud que toute sa peau
Il s'ouvrit la poitrine
Et un fleuve de feux noya tous ces prétentieux
Il balayait tout ça du revers de son regard
Et reprit sa course comme s'il était en retard
Il avait encore tant de mondes à détruire
Tant de vert à noircir tant de bleu à obscurcir
Tout ce rouge à chauffer à blanc
Pour que partout il disperse ses enfants
Ses foyers joyeux et conquérants.

... À grands coups de fusain...

Dessins

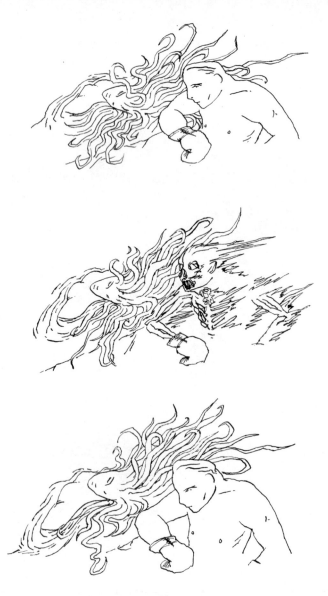

Si t'as faim, mange ta main, mais garde l'autre pour demain.

... Les petits carrés blancs avec des gens dedans...

Bandes dessinées

TU SAIS C'EST LOIN LÀ-BAS

LE PAYS DES CHAISES À TROIS PATTES DES GUITARES À DEUX MANCHES ET DES PIOCHES À ∅

TU SAIS C'EST LOIN LÀ-BAS

TU SAIS C'EST LOIN ICI AUSSI.

manoù

ALORS ÇA Y EST

UNE HISTOIRE TOUJOURS LA MÊME DU MANO.

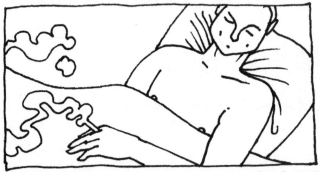

ENCORE UN QUATRE DU MAT QUI DEVIENDRA CINQ. ALLEZ REFUME UN TARPÉ DUCON. À QUOI TU PENSES NE ME DIS PAS QU'ELLE EST REVENUE. JE NE TE CROIS PLUS.

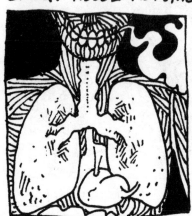

ET BIN SI !

ELLE EST DE RETOUR

DANS MA TÊTE AVEC TOUS SES COPAINS. PARCE QUE C'EST L'HIVER. CES TRUCS-LÀ L'HIVER ÇA TE RENTRE PROFOND POUR S'Y TENIR AU CHAUD. ÇA TE SQUATTE TA CHALEUR ET C'EST MÊME FOUTU DE TE FAIRE DU FEU DANS LE GROS CÔLON. LE FEU DE SA GLACE. QUI SENT LE REMORDS MARIN ET QUI RAMONE LES PETITS MATINS. ALORS POUR PENSER À AUTRE CHOSE, J'AI PENSÉ À LA MORT.

D'UN FEUTRE J'AI TATOUÉ MON CORPS. J'AI FAIT PLEIN DE PETITS CARRÉS PARCE QUE C'EST L'HOMME QUI L'A INVENTÉ. AINSI

LE TROU DANS LA TÊTE

UNE HISTOIRE TOUJOURS LA MÊME DU MANO.

IL PARAÎT QUE SI ON TE COUPE LA JAMBE ÇA TE GRATTE ENCORE LE PIED.

PARAÎT QUE LA FIN DE LA BOULETTE TE REDONNE ENVIE DE FUMER. ET QU'AU RESTO L'ASSIETTE DE TON VOISIN A TOUJOURS L'AIR VACHEMENT MIEUX QUE LA TIENNE.

IL PARAIT QUE VOIR LA MORT EN FACE, TE DONNE ENVIE DE VIVRE. IL PARAIT QUE SI TU VEUX LA PAIX, PRÉPARE LA GUERRE. IL PARAIT QUE L'AMOUR, LA HAINE, TOUT ÇA C'EST KIF-KIF.
IL PARAIT QUE JE PEUX FAIRE TRÈS MAL, ÇA DOIT ÊTRE À CAUSE DU BIEN QUE L'ON M'A FAIT. TOUT ÇA C'EST DES CONNERIES.

 C'EST COMME CES CONS QUI ME DISENT QUE SI JE L'AIME TANT, C'EST PARCE QU'ELLE S'EST BARRÉE. ENFIN BON, POUR CEUX QUI SE DEMANDENT QUEL EST LE RAPPORT AVEC LE TITRE DE CETTE HISTOIRE "LE TROU DANS LA TÊTE" C'EST QUE LE TROU ILS ONT VU ÇA COMME ÇA

 MOI C'EST DE CE TROU-LÀ ➡ QUE JE VOULAIS PARLER. ENFIN BON.
12.95

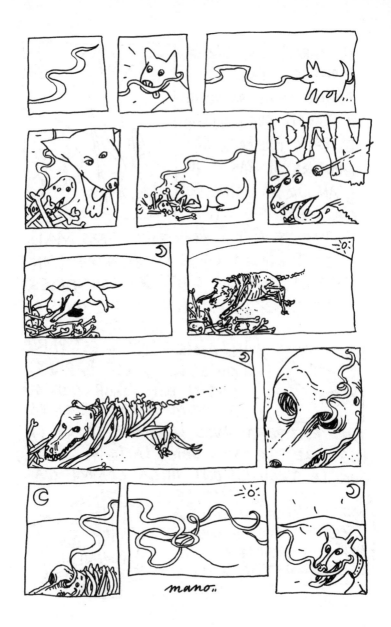

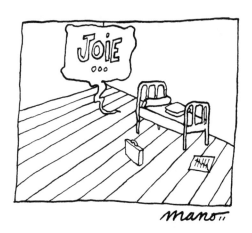

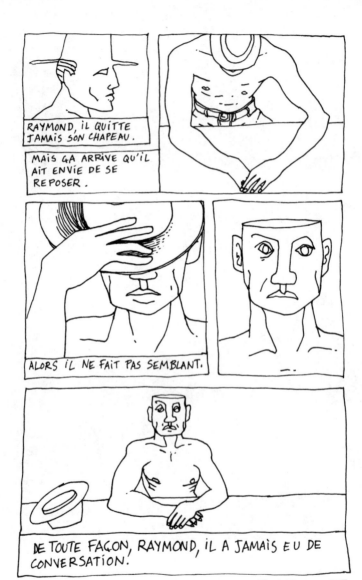

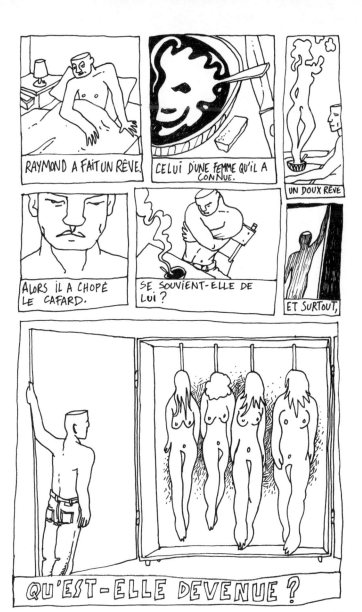

... Loin dans la musique...

Chansons en images

La Marmaille nue
1993

La barre est dure
Allô Paris
Je marche seul
Sacré-Cœur
Chacun sa peine
15 ans du matin
Pas du gâteau
Ju lie
Allez viens
Toujours quand tu dors
Au creux de ton bras
Le monde entier
La lune
On boira de la bière
Trop de silence

LA MARMAILLE NUE

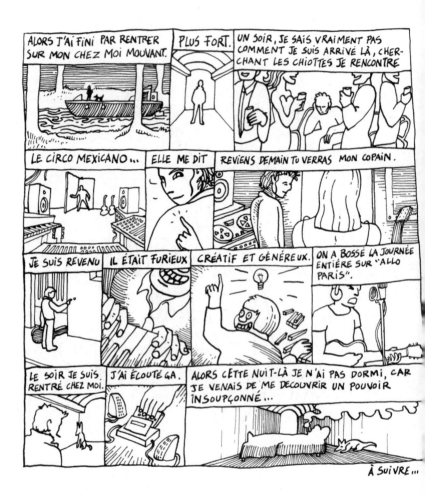

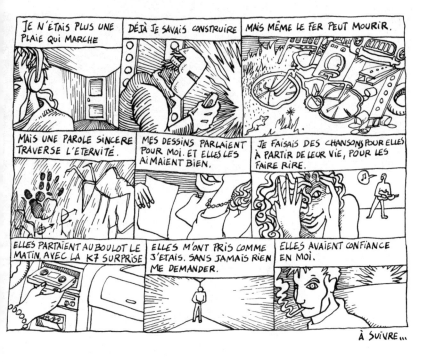

À SUIVRE...

Allô paris il est si tard les doigts collés au combiné je relance encore avec l'espoir de te parler, j'ai beau savoir que ça m'fout le cafard, je peux pas m'empêcher, m'empêcher d'y croire, la nuit sonne ses derniers coups, j'irai jusqu'au bout, j'aurais voulu, j'aurais voulu allô... Et là debout sur le trottoir comme chaque soir je te raconte l'histoire des larmes de rue dans les bars qui puent les moisis et les regards corps meurtris allô paris tout est foutu et putain je suis fatigué j'aurais voulu j'aurais voulu quelque chose quelque chose de bien j'aurais voulu que tu me dises viens Allô paris tout est fini tu m'as tout pris

même l'envie tu oublies un peu
peus chaque matin et ta mémoire
coule le long des trottoirs
en noyant mon désir
dérisoire allo paris
j'aurais voulu j'aurais
voulu tout est fini tout
est foutu allo paris
j'aurais voulu
que tu me
dises
viens

C'EST PAS DU GATEAU

Y'EN AVAIT PLEIN LES JARDINS Y'EN AVAIT PLEIN LES COURS D'IMMEUBLES DES P'TITS BAMBINS DES P'TITS PARISIENS ET MÊME DES P'TITS GAVROCHES LES

DEUX MAINS AU FOND DES POCHES QUI TE MATENT EN COIN AVEC DES TÊTES DE P'TITS MALINS

TU SAIS MÊME PLUS D'OÙ ET QUI TE COLLE LÀ PARTOUT

C'EST PAS POUR ÇA QUE J'VAIS ALLER COURIR DANS LE LIT DE LA SEINE POUR Y DORMIR PAS POUR ÇA QUE J'VAIS ALLER CHIALER DANS LA COUR D'UN ANCIEN TROP ANCIEN AMOUR MÊME SI DES FOIS VA SAVOIR POURQUOI ALORS QUE TOUT PARIS T'OUVRE LES

BRAS TU TE RETROUVES COLLÉ SUR UN PAVÉ AVEC UN SACRÉ COEUR GROS COMME ÇA... AVEC UN SACRÉ COEUR GROS COMME TOI.

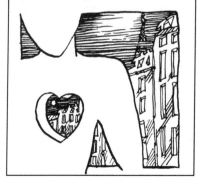

JE ME SENS SI SEUL CE SOIR
TU ES LÀ POURTANT DANS MON
LIT DANS MA NUIT JE FERAIS
MIEUX DE ME COUCHER CONTRE
TON CORPS AU LIEU DE RESTER
LÀ À FUMER ENCORE ET ENCORE
MAIS TU SAIS POUR MOI Y'A DES
CHOSES SIMPLES QUI NE LE SONT
PAS ET C'EST TOUJOURS QUAND
TU DORS QUE J'AI ENVIE DE TE
PARLER C'EST TOUJOURS QUAND
TU DORS QUE MOI JE DORS PAS
COMME UN LAMANTIN QUI SE
LAMENTE DANS LES EAUX TROUBLES
DU MANQUE J'AI LA MORT AUX
TROUSSES QUI ME FOUT LES FOIES
QUI ME HANTE QUI ME TENTE QUI
ME VANTE SON ANTRE ET
COMBATTANT IMMOBILE J'ÉCOUTE
BOUILLIR MON SANG MA BILE ET
BATTRE À MES TEMPES LE DÉCOMPTE
DU TEMPS ET C'EST TOUJOURS QUAND
TU DORS QUE J'VEUX PAS CREVER
ET LA NUIT S'ÉTERNISE ET MOI JE
PENCHE COMME LA TOUR DE PISE
FATIGUÉ SUR UN DERNIER DESSIN
ENCORE UN QUI RACONTE QUE JE
ME SENS PAS BIEN ALORS J'AI
SOMMEIL MAIS JE VEUX PAS DORMIR
ALORS JE VEILLE JE SAIS QU'UN JOUR
TU VAS PARTIR PARCE QUE
QUE J'AI ENVIE DE TE PARLER C'EST
TOUJOURS QUAND TU DORS QUE MOI JE
DORS PAS ET LE BLEU DU PETIT MATIN
ME DÉLIVRE ENFIN ET JE FUME MON
DERNIER JOINT ET C'EST DÉJÀ DEMAIN.

C'était un soir de rue. Un peu bourré, un peu perdu. Mes pas suivaient le ruisseau d'un putain de caniveau - et la lune reflétait par terre une étoile de mer - sa bouche donnait à rever à n'importe lequel du quartier - c'était une grosse kebla, elle s'appellait Seena - alors le reve. ça coute 100 balles alonge mon gars c'est mon casse-dalle. Et la lune reflétait par terre comme une étoile de mer - j'ai suivis ses pas qui claquaient devant moi - au 128 de la rue St Denis on espere pas, on oubli que la lune reflétait par terre comme une étoile de mer - bien plus vite que je l'aurais cru, elle me dit "baise-moi". Dans l'enfer de son cul j'ai payé son bout de gras. Et je marche dans les rues sans savoir vraiment, ni comment et pourquoi j'en suis arrivé là.

Frères Misère
1996

Il ne suffit pas
Deux mains pour demain
La débâcle
Nous partirons
Pauv' petit
Je n'ai pas
La révolution
Rien de pire
Fandango
On vous aura prévenus
Salut ça va
Je me suis fait du mal

NON. C'EST PAS COMME ÇA !

AU PREMIER JOUR DIEU CRÉA LA MISÈRE.

CONSTRUIS-MOI UNE BASILIQUE! QU'IL A DIT A FRÈRE ÉON.

MISÈRE, RÉPONDIT LE FRÈRE.

ALORS DIEU MULTIPLIA LA MISÈRE.

À TOUT CE QUE VOUS ÊTES, VOUS ALLEZ BIEN ME FAIRE QUELQUE CHOSE KANMÊME ? DIT DIEU.

ILS RÉFLÉCHIRENT SANS FLÉCHIR PENDANT CINQ MINUTES (AU MOINS)

AINSI NAQUIRENT LES FRÈRES MISÈRE.

PARIS - PÉKIN

C'ÉTAIT UN PAUV'PETIT
QUI TRAÎNAIT SUR LE
BOUL'VARD

SA MÈRE L'AVAIT LA FOLIE
SON PÈRE L'ÉTAIT AU PLACARD
C'ÉTAIT UN PAUV'PETIT
QU'A JOUÉ AU MAQUISARD

DEBOUT AVEC SON FUSIL
EN HAUT D'LA RUE DE ROCHECHUARD

LA RÉVOLUTION C'ÉTAIT PAS POUR LUI IL N'COMPTAIT PLUS SUR SON PÉTARD POUR LUTTER CONTRE L'ENNUI ET LES LENDEMAINS QUI CHANTENT BLAFARDS QUAND IL A MIS SON CHARGEUR LES GENS ONT PRIS PEUR C'ÉTAIT JUSTE UN PAUV'PETIT QUI TRAÎNAIT

SUR LE BOUL'VARD
ALORS IL A DIT MES
AMIS NOUS NE SOMMES
QUE DES CAFARDS
LA RÉVOLUTION C'EST
TOUT P'TIT
ELLE SE JOUE ICI
CE SOIR
C'ÉTAIT JUSTE UN
PAUV' PETIT QUAND
IL A LEVÉ LE FUSIL
UNE POUSSIÈRE DANS
L'HISTOIRE DEBOUT
SUR LE TROTTOIR

C'ÉTAIT JUSTE UN PAUV' PETIT UN DE CES P'TITS
GARS D'PARIS SA PENSÉE S'EST ENVOLÉE
QUAND SA TÊTE A EXPLOSÉ. PAN.

mano..

un jour ma mère m'a dit
te souviens tu de cet enfant
de ses yeux qui lui mangeaient le visage
de sa panoplie de Zorro
de tout ce qu'il trouvait beau
te souviens tu des deux dents de devant
volées dans la nuit
par une bande de souris
te souviens tu de cet enfant
si petit mais déjà si chiant
un ange malin
ou petit diable hautain
qui de toutes ces conneries ramenait tout à lui
te souviens-tu mon fils de cet enfant
de notre amour si fort
nos joies nos milliers de pourquoi
nos peines nos réconforts
te souviens tu de cet enfant
de toutes les conneries dont il était capable
et de son petit air jamais coupable

Je sais pas trop
1998

Te souviens-tu ?
Les fées
La liberté
Sens-tu
Le drapeau
Ça n'a pas marché
Janvier
Il m'arrive encore
Que reste-t-il à vivre
Je suis venu vous voir
C'est plus pareil
Novembre
Naître gitan

Dehors
2000

Des pays
Je taille ma route
El mungo
Pour gagner
Les Gitans
Là-bas
Les habitants du feu rouge
Canal du Midi
Le périph'
Soif de la vie
Les hommes seuls
Métro
Les enfants rouges

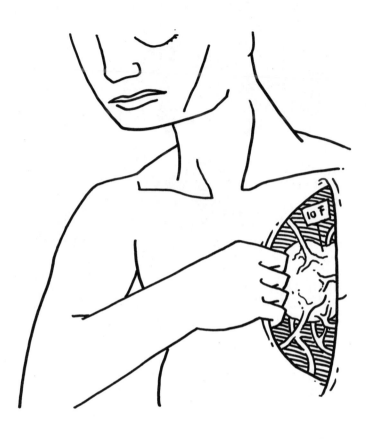

IL FAIT BEAU. AU SOLEIL SUR LE PONT JE REGARDE LES GITANS DE L'AUTRE CÔTÉ DU PORT. ILS SONT BEAUX. D'ICI JE NE VOIS PAS LEURS TÊTES. ILS SONT JUSTE BEAUX D'ÊTRE DEVANT LEURS CARAVANES A S'AGITER AUTOUR DE LEUR CONVERSATION. ILS DOIVENT PARLER TRÈS FORT. J'EN ENTENDS DES BRIBES PAR-DESSUS LE BRUIT DES VOITURES. ILS EXISTENT TRÈS FORT. LEUR PRÉSENCE RAYONNE SUR LE PORT. C'EST PAS COMME L'AUTRE QUI VIENT AVEC SA PORSCHE POUR VOIR SON VOILIER. NI MÊME COMME LES CLODOS DU PONT QUI EUX, RAYONNENT LA RÉSIGNATION. UNE PETITE BOULE ROUGE S'ACTIVE AUTOUR DU GROUPE. ELLE TIENT UN BALAI QUI FAIT DEUX FOIS SA TAILLE. ELLE FAIT DES PAS IMMENSES ET SECS ET LE MANCHE VIREVOLTE AU-DESSUS DE SA TÊTE. ELLE PARAÎT CHARGÉE D'ÉLECTRI- -CITÉ. D'ICI SA ROBE LUI TOMBANT JUSQU'AUX PIEDS M'APPARAÎT COMME UN CERF-VOLANT FRÉTILLANT DANS LE SOLEIL DE PRINTEMPS.

In the garden
2007

In the garden
Les endurants
Les petits carrés blancs
Palace
Aimer d'amour
La fortune
Entre nous
Dans ma mémoire
Le repas
No future
Toujours le même tableau
Ne sens-tu rien venir

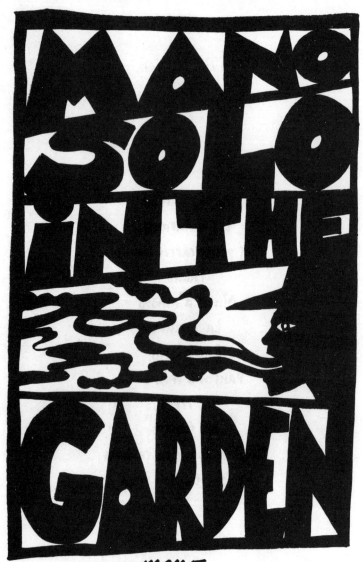

REMERCIEMENTS

Nous tenons à remercier Isabelle Monin-Soulié, Jean-Louis Soulié, Fabienne Gallois, Vincent Briffaut, Bonze, Céline Rungeard (Linsay), et tous les shalalistes pour leur aide et leur confiance.

 Le recueil *Je suis là* a donné naissance à un collectif du même nom. Des chanteurs, des musiciens, des dessinateurs, des peintres, des bonnes volontés, professionnels ou amateurs, se sont réunis pour mettre en musique et en dessins les poèmes de Mano Solo. Avec l'auteur lui-même en chef de meute, le groupe a avancé, se modulant avec le temps, pour présenter en novembre 2011 le point final de cette aventure : « la compil du Collectif ».
Tous les bénéfices de la vente de ce CD iront à l'association FAZASOMA que Mano a toujours soutenu avec fidélité.

Pour toute information : www.collectif-jesuisla.net

RÉALISATION : PAO ÉDITIONS DU SEUIL
IMPRESSION : CORLET S.A. À CONDÉ-SUR-NOIREAU
DÉPÔT LÉGAL : JANVIER 2012. N° 107182 (141915)
Imprimé en France